novum premium

CAROLINE HUTTEL

EINMAL

und nie wieder

novum premium

Bibliografische Information
der Deutschen Nationalbibliothek:

Die Deutsche Nationalbibliothek
verzeichnet diese Publikation in
der Deutschen Nationalbibliografie.
Detaillierte bibliografische Daten
sind im Internet über
http://www.d-nb.de abrufbar.

ISBN 978-3-903861-49-7
Lektorat: Thomas Schwentenwein
Umschlagfotos: Sarah Nicholl, Shumo4ka,
Olaf Speier | Dreamstime.com
Umschlaggestaltung, Layout & Satz:
novum Verlag

Gedruckt in der Europäischen Union
auf umweltfreundlichem, chlor- und
säurefrei gebleichtem Papier.

www.novumverlag.com

Inhaltsverzeichnis

1. Besuch der Eltern . . . 7
2. Falsche Garderobe . . . 9
3. Schlechtes Hotel angetroffen . . . 10
4. Spendabler Schotte . . . 16
5. Flamenco-Show . . . 17
6. Aus dem Bus gefallen . . . 19
7. Ehemann verpasst den Bus . . . 22
8. Café „Haus Berlin" . . . 24
9. Wasserkauf . . . 27
10. Brand im Hotel . . . 28
11. Steiniger Strand . . . 32
12. Kauf eines Schmuckstücks . . . 36
13. Suche nach einem Schuhmacher . . . 37
14. Ein Nachmittag am Pool . . . 41
15. Fahrt zu einer Hazienda . . . 43
16. Bad im Meer am letzten Abend . . . 51
17. Ehefrau krank . . . 53
18. Abreise . . . 54
19. Ankunft in Hamburg . . . 58
20. Betriebsfest . . . 61

Schlusswort . . . 63

Danksagung

Ein ganz herzliches Dankeschön meinem langjährigen Freund Peter, der die Erstkorrektur übernommen und dabei trotz meiner vielen Fragen nie die Geduld verloren hat.

Mein besonderer Dank gebührt Arno, der in der entscheidenden Phase eingesprungen ist, sonst hätte das Buch gar nicht erscheinen können.

Danke auch an meine liebe Ornella für Ihre tröstenden Worte, wenn mich die Emotionen überwältigt haben sowie Danke an Klaus, der mich dann angespornt hat, wenn ich aufgeben wollte.

1. Besuch der Eltern

Endlich war es soweit, unser erster Spanien-Urlaub stand bevor. Am 14. September 1972 sollte es losgehen – für 14 Tage. Mehr war nach 5-jähriger Ehe nicht drin. Es war zu der Zeit, als wir mal den Dispositions-Kredit unserer Bank in Anspruch nehmen mussten. Ich hatte zwar irgendwo gelesen, dass man Urlaubsreisen auch abstottern kann, doch das kam für uns nicht infrage. „Nee“, sagte mein Mann Günter in seinem herrlichen Finkenwerder Platt, „denn bliev wü laeber to hus!“ („Dann bleiben wir lieber zu Hause!“). Der einzige Grund, nicht in den Urlaub zu fliegen, war die Hochzeit meines Bruders. Diese Nachricht erreichte uns völlig überraschend und viel zu spät. Eine Reiserücktrittsversicherung hatten wir unter Rücksichtnahme auf unsere knappe Urlaubskasse natürlich nicht abgeschlossen. Das hieß im Klartext, wir konnten an der Hochzeit nicht teilnehmen. Ich hätte mein äußerstes Befremden anmelden können, aber so richtig verwundert war ich gar nicht. In unserer Familie wurden Dinge manchmal anders behandelt, als es üblich war. Das wurde mir in den späteren Jahren in Norddeutschland erst richtig klar. Da wäre so etwas unmöglich gewesen: Hochzeit ohne die einzige Schwester und ihren Mann.

Die Vorbereitungen für unsere Reise nahmen mich ziemlich in Anspruch, zumal meine Eltern gerade noch zu Besuch waren. Während meine Mutti noch liebevoll Hemden bügelte, war meine Nervosität nicht mehr zu toppen. Da halfen auch Papas besänftigen Worte nichts, höchstens ein kleiner Schnaps.

Die Abreise meiner Eltern war für den 12. September geplant. Mir standen also noch zwei Tage zur Verfügung und die Haare zu Berge. Das war nicht viel bei meiner angeborenen Umständlichkeit! Ich hatte keine Ahnung, was ich in unsere Koffer packen sollte, von den üblichen Reisebegleitern wie Kulturtasche, Taschentücher etc. mal abgesehen. Das mit den Taschentüchern ist kein Witz, ja die aus Stoff! Die gibt es zwar noch immer, allerdings habe ich noch keinen Jugendlichen heutzutage mit einen Stofftaschentuch gesehen. Die Älteren unter Ihnen werden sich erinnern. In diesem Moment kam mir der Ohrwurm „Die Sonne scheint bei Tag und Nacht"., Konnte ich mich auf diese Prognose aus einem Liedtext verlassen? Zu diesem Zeitpunkt ahnte ich noch nicht, dass es viel schlimmer kommen sollte.

Mein Mann war der Meinung, dass ich auf alle Fälle einen Übergangsmantel benötigen würde. Fragen Sie heute einmal Ihre Enkel, was ein Übergangsmantel ist. Da ernten Sie einen ungläubigen Blick, ein Schulterzucken oder im besten Fall eine Nachfrage.

Schließlich landeten wir bei Peek & Cloppenburg in Hamburg in der Mönckebergstraße, wo sich eine Verkäuferin redlich Mühe gab, mir so ein zementfarbenes Teil zu verkaufen. So richtig mochte ich diesen Mantel von Anfang an nicht und die Raglanärmel sahen bei mir auf einer Skala von 1–10 eindeutig wie eine 0 aus. Das Kleidungsstück schenkte ich später meiner Mutter.

2. Falsche Garderobe

Als wir am Morgen des 14. Septembers 1972 am Flughafen in Hamburg-Fuhlsbüttel ankamen, trugen mein Mann und ich Staubmäntel, er außerdem noch einen Hut. Günter ging grundsätzlich nie ohne Kopfbedeckung aus dem Haus. An seinem linken Arm hing ein Stockschirm. Mein Schirm, ein handlicher „Knirps", befand sich im Koffer. Heute denke ich, dass wir die absolute Lachnummer in der Charterhalle gewesen sein mussten.

Das Flugzeug, eine Fokker F28, startete pünktlich in Richtung Alicante. Enttäuscht war ich schon ein bisschen, denn ich hatte mir ein Riesenflugzeug vorgestellt. Es waren höchstens achtzig Passagiere an Bord. Mein Mann sagte mit leicht vorwurfsvollem Ton: „Hauptsache, wir kommen sicher am Zielflughafen an!", was dann auch der Fall war.

Als wir die Gangway herunter gingen, standen Fotografen mit ihren Kameras im Anschlag bereit. Es klickte ununterbrochen. Auf meine Nachfrage, was das sollte, erklärte mir ein Fluggast, dass man bei der Rückreise die Fotos in der Charterhalle kaufen könnte. Sie würden dann in der Nähe des jeweiligen Schalters ausgehängt sein. Nun gut, das konnten wir in den nächsten 14 Tagen entscheiden, falls uns die Fotos gefielen.

Im Bus, der uns sicher nach Benidorm brachte, war es stickig und heiß. Die Klimaanlage schaffte es nicht, die ersehnte Abkühlung herbeizuführen. Meine Gedanken kreisten unentwegt um eine eiskalte Coca Cola. Die Gesichtszüge meines Mannes waren etwas entgleist. Er dachte mit Sicherheit an ein „kühles Blondes".

3. Schlechtes Hotel angetroffen

Wir waren während der Busfahrt ziemlich aufgeregt. Es wurden diverse Hotels angefahren, bis wir unser Ziel erreichten. Gerade waren wir am „Don Pancho" vorbei gefahren, wo wir einen Pförtner in weinroter Livree mit weißen Handschuhen gesehen hatten, da hielt unser Bus. „Catalonia!", rief die Reisebegleiterin. Das war doch unser Hotel … Wir trauten unseren Augen nicht! Ein 20-stöckiger Koloss in zartem Grau erhob sich auf der rechten Straßenseite. Nur wenige Minuten später stellten wir fest, dass wir von Hochhäusern umzingelt waren. Das fing ja gut an! Schon meldete sich vorwurfsvoll meine innere Stimme: „Warum hast du nicht das 5-Sterne Hotel Don Pancho gebucht?" Aber hatte man uns zu Hause nicht glaubhaft versichert, dass wir beruhigt in einem 4-Sterne Hotel absteigen könnten?

Schweißgebadet und abgeschlafft erreichten wir mit unseren übergewichtigen Koffern die achte Etage. Wenigstens die Aufzüge funktionierten!

Das uns zugedachte Zimmer 820 mit Doppelbett und einer zusätzlichen Liege war geräumig, jedoch spartanisch eingerichtet. Apropos spartanisch, außer den bereits erwähnten Betten gab es nur noch einen Tisch, zwei Stühle und einen Wandschrank neben dem Bett. Der Platz zwischen Bett und Schrank reichte gerade, um die Schranktüren zu öffnen.

Kurzentschlossen begann ich mit dem Koffer auspacken. Ich hatte gerade eine Hälfte des Wandschrankes geöffnet, als ich die Stimme meines Mannes vernahm: „Hier bleibe ich nicht, ich will wieder nach Hause!" Meine Erklärung, dass dies nicht möglich sei, konnte ihn erst annähernd zwei Stunden später überzeugen. Ach ja, und wie war es mit der Sauberkeit? Da lag doch tatsächlich ein vergammeltes Heftpflaster vor der Liege auf dem Fußboden! Bei unserer Abreise lag es auf demselben Fleck. Wir hatten es einfach liegengelassen. Meine Gedanken verabschiedeten sich ins „Don Pancho" … Dort hätten wir sicher einen reinlichen Teppichfußboden vorgefunden. Egal, diese 14 Tage würden wir schon überstehen. Zu dieser Zeit wussten wir noch nicht, dass wir erst die Spitze des Eisberges erreicht hatten …

Am ersten Morgen in einem fremden Bett zu erwachen, ist seltsam und befremdlich. Als ich um halb Acht wach wurde, war ich fürs Erste desorientiert. Wo war ich denn überhaupt? Nach ein paar Minuten fiel mir ein, dass wir im Urlaub waren. Ein Blick auf die andere Bettseite signalisierte mir, dass sich mein Mann noch im Tiefschlaf befand. „Gott, sei dank!", dachte ich bei mir, denn ich hatte momentan mit mir alleine genug zu tun.

Ich ging kurzerhand ins Bad, um zu duschen. Die Dusche war in der Badewanne, der Wasserzulauf also über den Wasserhahn in der Badewanne. An dem verlängerten Schlauch hing ein verkalkter Duschkopf, der an einem Gestänge über dem Wasserhahn befestigt war. Der zum Schutz angebrachte Plastikvorhang hing steif in der Wanne. Heutzutage gibt es tolle Materialien, doch davon war dieser Vorhang meilenweit entfernt. Er war einfach nur steif und sah scheußlich aus. Ich konnte nur an Bakterien, Viren und Seifenreste denken. Ich finde solche Vorhänge unappetitlich. Das alles nahm ich schlecht gelaunt zur Kenntnis. Also, hurtig unters Wasser und dann meine lieben Mann wecken …

Wieder im Zimmer signalisierte mir mein Blick zur linken Bettseite, dass mein Mann offensichtlich tief und fest schlief. Mein mehrmaliges Rufen und Antippen wurde mit der Frage „Jetzt schon aufstehen?" beantwortet. Der mitgebrachte Reisewecker – die Jüngeren unter Ihnen kennen dieses Teil gar nicht mehr – zeigte bereits 08:30 Uhr. Wir hatten keine Ahnung, wie lange es Frühstück gab. Das ganze Infomaterial in dieser abgegriffenen Plastikmappe hatten wir nach der anstrengenden Reise nicht mehr gelesen. Wir waren viel zu müde dafür gewesen.

Inzwischen war es 09:30 Uhr, höchste Zeit, wenn wir noch frühstücken wollten.

Einer der Aufzüge befand sich gerade auf unserer achten Etage. An der Rezeption mussten wir uns erst einmal erkundigen, wo sich der Speisesaal befinden würde.

Eine sommersprossige Blondine begrüßte und freundlich und erklärte uns den Weg.

Sie kam aus Schweden und sprach ein wenig Deutsch.

Der Speisesaal war sehr geräumig. Ich wunderte mich, dass zu dieser Zeit noch viele Tische besetzt oder nicht abgeräumt waren. Ein kleiner runder Tisch in Türnähe war frisch eingedeckt, wahrscheinlich schon für den Abend. Wir nahmen Platz, um zu signalisieren, dass wir voller Hoffnung auf ein 4-Sterne-Hotelfrühstück waren. Es kam relativ schnell eine Señorita oder Señora – keine Ahnung, ob sie verheiratet war – und stellte uns 2 Kännchen auf den Tisch, eines mit Deckel und eines ohne Deckel. Ohne Deckel war Milch, vermutlich Ziegenmilch, mit Deckel sollte Kaffee sein. Nach „Jacobs Krönung" roch er nicht. Der hatte im Schrank nicht einmal daneben gelegen! Die wahre Krönung kam kurz darauf in Form von 4 steinharten Brötchen, ca. 20 g Ziegenbutter sowie 2 von diesen für die Gastronomie hergestellten Einheiten für den Aufstrich. Ebenso gab es zweimal Aprikosenkonfitüre. Die unnatürlich rote Wurst, wahrscheinlich Salami, musste den Kühlschrank schon vor geraumer Zeit verlassen haben.

An dieser Stelle sei das Mittagessen kurz erwähnt, welches wir selten in Anspruch nahmen. Wenn ich nur an die Suppe zurückdenke, diese durchsichtige Brühe, lauwarm, ohne Fettaugen. Das Huhn war maximal einmal durch den Suppenkessel geflogen.

Ein Glück, dass wir nur Halbpension gebucht hatten!

Wir verließen den Speisesaal in Richtung Rezeption, um uns allgemein über das Hotel zu informieren. Man hatte doch schon von Ausfahrten in die nähere Umgebung oder Aufführungen gehört. Als wir das Infomaterial studierten, hörte ich hinter mir Stimmen. Es war das Ehepaar aus Norderstedt, welches wir im Bus kennengelernt hatten. Es wollte sich auch informieren.

An der Rezeption stand ein junger Spanier, den Kopf voller Locken, und wurde auf uns aufmerksam. Er kam auf uns zu, um uns zu beraten. Seine braunen Augen blitzten mich unternehmungslustig an. Er empfahl uns die für heute geplante Flamenco-Show. Um 19:00 Uhr sollten wir mit Bussen abgeholt werden.

„So eine Show sollte man sich ansehen!“, dachte ich bei mir. Das Ehepaar, Walter und Karin, waren ebenfalls interessiert. Die Begeisterung meines Mannes hielt sich in Grenzen. Ich wusste aber ganz, ganz genau, das würde sich ändern, wenn wir erst mal unterwegs waren. Gesagt, getan!

Der junge Mann verkaufte uns vier Eintrittskarten, die Getränke mussten im Voraus bezahlt werden.

Bevor wir uns verabschiedeten, sprachen wir über das karge Frühstück. Karin hatte eine rettende Idee, in der Apartmentanlage, in der ihre Eltern wohnten, gab es ein Café, das „Haus Berlin“, in dem man wunderbar frühstücken könnte. Das wollten wir am nächsten Morgen auskundschaften. Heute mussten wir erst einmal unser Hotel unter die Lupe nehmen.

„Also dann, bis heute Abend!“

„Jja, wir freuen uns!“

Nachdem wir bei der Rezeption nochmals gefragt hatten, bewegten wir uns in Richtung Außenbereich und Poolanlage. Was wir sahen, gefiel uns auf den ersten Blick recht gut. Wunderschöne Gewächse zierten den Garten, Hibiskus-Sträucher, wie man sie zu Hause nicht kennt, standen hier in voller Blüte. Ich schwärmte so für die Strelitzien, die auch unter dem Namen Papageienblume bekannt sind. Die wachsen nur in südlichen

Ländern. Es war ein herrlicher Anblick. Die meisten der zu bestaunenden Zierpflanzen waren mir unbekannt.

Der runde Pool – ich habe ein Schwäche für runde Pools – mit seinem auf den ersten Blick sauberen Wasser lud verlockend zum Schwimmen ein. Da er jedoch im Schatten lag, wollten wir das auf später oder den morgigen Tag verschieben. Wir verließen den Außenbereich, die Swimmingpool-Bar hatte noch nicht geöffnet.

Wir gingen weiter in Richtung Hotel und befanden uns plötzlich in einem riesigen Saal mit kleinen Tischen und Plüschsesseln in Rot und Grün wieder. Es konnte sich nur um die Hotelbar handeln. Wir hatten uns über die Größe gewundert … Na ja, bei zwanzig Stockwerken musste sie wohl so sein.

Zur Poolseite hin war der Raum komplett verglast und durch übergroße Fenster lichtdurchflutet. An zwei Wänden standen ebenfalls Tische und Sessel, eine Seite wurde durch einen Bartresen beherrscht. So viele Flaschen und Gläser hatten wir noch nie gesehen. Trotzdem wirkte die Bar noch gemütlich, dafür sorgten auch die Gemälde an den Wänden. Wo noch ein Plätzchen frei war, standen frische Blumen.

Für ein Getränk waren wir hier richtig. Unsere knurrenden Mägen erinnerten uns daran, dass wir nicht gefrühstückt hatten. Vielleicht würde uns zu einem Getränk etwas Knabberkram in Form von Nüssen oder Salzgebäck angeboten.

War nahmen an der Bar auf den Hockern Platz, als gerade ein gut aussehender Herr, offensichtlich der Barkeeper, erschien und sich am Tresen zu schaffen machte.

Ein überaus freundliches „Guten Morgen“ kam uns entgegen. Oh, das war jetzt schon etwas beruhigend!

So erfuhren wir bei Campari Orange und *cerveza*, also Bier, dass der Barkeeper über ein Jahr in der Hamburger Gastronomie tätig gewesen war. Wir waren angetan von seinen Deutschkenntnissen. Soweit sollte ich erst einmal mit Spanisch sein!

Er war sehr aufgeschlossen, mit ausgesuchter Höflichkeit. Ich mochte ihn auf Anhieb und glaube, das beruhte auf Gegenseitigkeit. Bei meinem Mann war es nicht anders, er hat sowieso keine Probleme mit fremden Menschen.

4. Spendabler Schotte

Wir unterhielten uns angeregt, als ob wir uns schon lange kennen würden und ich hatte nicht bemerkt, dass ein Herr einen Barhocker weiter Platz genommen hatte. Er war höchsten 35 Jahre alt und sah äußerst unternehmungslustig aus. Seine braunen Augen strahlten um die Wette. Er schaute in unsere Richtung und wir vernahmen ein freundliches „Good Morning", das wir erwiderten. Nach kurzer Zeit rückte er auf und nahm an unserem Gespräch teil. Der Barkeeper sprach perfekt englisch, mein Mann versuchte sich zu erinnern. Ich hatte zu Hause gerade begonnen an der VHS meine Englischkenntnisse aufzufrischen. Viel gab mein Sprachschatz noch nicht her.

Als wir uns an diesem ereignisreichen und amüsanten Vormittag verabschiedeten, hatte mein Mann und ich etwas Schlagseite nach zwei Campari Orange plus zwei Whiskys von dem netten Herren, der übrigens Donald hieß und aus Glasgow kam.

Ich erinnere mich, dass Schotten Geiz nachgesagt wird. Dann war Donald eine absolute Ausnahme. Dass wir uns in der zweiten Urlaubswoche fast jeden Nachmittag um ca. 16 Uhr treffen sollten, wussten wir zu diesem Zeitpunkt noch nicht und auch nicht, dass Donald alles andere als geizig war. Hinzu kommt, dass mein lieber Mann sich stets mit einer Runde revanchierte, wenn der Drink von Donald kam. Das hatte fatale Folgen. Die Gläser und wir waren immer voll. In den siebziger Jahren wurde noch großzügig eingeschenkt.

Die häufigen Barbesuche hatten auch etwas mit dem Wetter zu tun. Die Sonne scheint doch nicht bei Tag und Nacht, wie der Liedtext es sagt, und wie wir es später selbst erleben mussten.

5. Flamenco-Show

Inzwischen war aus dem Vormittag ein angebrochener Nachmittag geworden. Es war also ratsam, dass wir uns ausruhten, denn um 19:00 Uhr mussten wir beim Bus sein.

Zu diesem Anlass hatte ich mein nagelneues, königsblaues Kleid gewählt, dessen Gürtel mit einem silberfarbenen Herz geschlossen wurde. Dazu die sandfarbenen Slingpumps aus Wildleder mit Blockabsatz. Die hatte ich noch nie getragen. Mit den Schuhen ist es so eine Sache bei mir. Mein Mann ist ein wenig kleiner als ich, deshalb trage ich meistens Ballerinas. Sie sehen nicht immer so prickelnd aus. Somit auch mal ein kleiner Blockabsatz. Ich finde es nicht so toll, wenn eine Frau größer ist als der Mann, obwohl Charakter natürlich wichtiger ist, und da hatte ich echtes Glück mit meinem Günter.

Pünktlich um 19:00 Uhr standen wir auf dem Busparkplatz bereit, Wie viele andere Passagiere, die wie wir zu einem anderen Ort befördert werden sollten, sonst noch dort waren, daran kann ich mich nicht mehr erinnern. Ein Schwall aus Englisch und Deutsch, unterbrochen durch sehr nordisch klingende Laute, war zu vernehmen. Die zum Bus gehörende Reisebegleiterin versuchte sich lauthals Gehör zu verschaffen. Die Hotelgäste waren aufgeregt und in freudiger Erwartung der Dinge, die da kommen sollten.

Wir konnten einen der vorderen Sitze ergattern, was insofern gut war, weil mir im hinteren Bereich bis heute schnell übel wird. Walter und Karin nahmen hinter uns Platz.

Es war heiß, man klebte förmlich an den Kunstledersitzen fest. Nach einer knappen Stunde hatten wir unser Ziel erreicht und sehnten uns nach einem kühlen Getränk. Auf dem Parkplatz standen bereits 4 Busse, weitere folgten. Ich glaube, unser Bus hatte die Nummer 7.

6. Aus dem Bus gefallen

Hier muss ich etwas ausschweifen und erklären, dass wir an diesem Tage außer Erdnüssen in der Bar und ein paar Keksen, die sich ins Handgepäck verirrt hatten, nichts gegessen hatten, sondern nur getrunken Das Vorglühen war also perfekt. Das war aus heutiger Sicht der Dinge wahrscheinlich der Grund, weshalb ich beim Aussteigen aus dem Bus hängen blieb und der Absatz meines rechten Schuhes abbrach. Irgendjemand hatte mich aufgefangen, so dass der Sturz gerade noch verhindert werden konnte. Der Schreck saß mir dennoch in den Knochen und mir wurde schlagartig übel. Schlecht geworden war mir vorher schon vom Busfahren. Die vielen Kurven und eine Vollbremsung waren daran Schuld.

Am Arm meines Mannes betrat ich humpelnd das Lokal. Hier hatte man sich mit der Deko sowie der Tischeindeckung redlich Mühe gegeben. Es war ein bunter Mix aus Girlanden und duftenden Hibiskus-Blüten in tiefem Rot und Rosé. Die bereits bezahlten Getränke standen bereit. Allen voran die in Spanien so beliebte Sangria, dieses bowlenähnliche Getränk, dem man von außen nicht ansieht, was sich drinnen versteckt. Auf jedem dieser langen Tische standen etliche Karaffen und zusätzlich pro Paar eine Flasche Sekt, die wir ebenfalls im Voraus bezahlt hatten. Wir nahmen an einem der langen Tische im vorderen Bereich Platz.

Auf der Bühne erschien eine männliche Person zur allgemeinen Begrüßung und wünschte uns im gebrochenen Deutsch einen schönen Abend.

Eine Vier-Mann-Kapelle spielte auf, wir prosteten uns zu und riefen „Viva España!“ Die Sangria-Krüge leerten sich rasch.

Ich saß angeheitert am Tisch, konnte mit dem kaputten Schuh nicht tanzen, was schon Strafe genug gewesen wäre. Nun musste ich für kleine Mädchen. Auch das noch! Ich hatte das WC von innen verriegelt, da wollte sich die Sangria von mir trennen. Danach glichen die hübschen weißen Fliesen einer brutalen Notschlachtung. Wie eine Druckwelle brach alles Flüssige aus mir heraus. Mein neues Kleid war auf diesen Überfall nicht vorbereitet und sah danach alles andere als adrett aus. Ich fühlte mich total neben der Spur. Mein unsicherer Gang beruhte nicht nur auf dem kaputten Schuh, nein, ich hatte eindeutig zu wenig Blut im Alkohol.

Ich humpelte zurück ins Lokal, wo ich meinem besorgten Mann mitteilte, dass wir per Taxi zurück ins Hotel müssen, damit ich andere Schuhe anziehen konnte. Dass ich nicht vorhatte, wieder mitzukommen, behielt ich noch für mich. Er musste jedoch auf jeden Fall mit dem selben Taxi zurück ins Lokal, wo bereits die bezahlten Getränke auf Verkostung warteten. Diese verrückte Idee konnte nur meinem im Nebel liegenden Gehirn entspringen! Schon aus einem Verantwortungsgefühl heraus wäre ich im Normalzustand niemals auf so eine Idee gekommen. Das wurde mir erst richtig klar, als ich plötzlich alleine im Zimmer war. Meinen Mann hatte ich mühsam überreden können, allein zurückzufahren. Als ich unter die Bettdecke kroch, beruhigte ich mich mit dem Gedanken, dass der Bus mir meinen Günter sicher zurück bringen würde. Und da waren ja noch Karin und Walter! Ein Glück, dass ich nicht ahnen konnte, wie es tatsächlich kommen sollte …

Um 02:00 Uhr wurde ich wach und stellte fest, dass das Bett neben mir noch leer war. Sofort beschlich mich ein äußerst unangenehmes Gefühl der Angst. Ich malte mir die schlimmsten Szenarien aus. Ich war so unglücklich in diesem Moment und konnte keine klaren Gedanken fassen. Was sollte ich nur tun? Ich saß verzweifelt auf der Bettkante, als ich ein Geräusch vernahm. Jemand war an der Zimmertür und versuchte offensichtlich, sie aufzuschließen, was nach dem dritten Versuch endlich gelang.

Ich kann mein Gefühl nicht beschreiben, als die Tür aufging und mein Günter unsicher auf mich zukam. Er konnte sich kaum auf den Beinen halten, mir zitterten die Knie vor Aufregung. Wir fielen uns in die Arme und gleich darauf ins Bett. Wenig später waren wir eingeschlafen.

Was war überhaupt passiert?

7. Ehemann verpasst den Bus

Mein Mann hatte sich wunschgemäß vom Taxi zum Lokal zurückfahren lassen. Dort herrschte in der Zwischenzeit eine ausgelassene Stimmung: Die Musiker drückten auf die Tube, es wurde fleißig getanzt. Die Sangria und der „preisgünstige" Sekt hatten ihre Wirkung nicht verfehlt. Wir tanzten auch sehr gerne, jedoch hatte mein Günter keine Probleme, sich auf der Tanzfläche alleine zu bewegen und die Leute zu unterhalten. Wenn er in der richtigen Stimmung war, konnte das schnell passieren. Karin und Walter erzählten mir am nächsten Tag, dass sie ihn ein paarmal von der Bühne holen mussten, weil seine Stimmung „etwas zu gut" war. Daran hätten sie sich am Ende der Veranstaltung mal erinnern sollen. Anstatt ihn mit in den Bus zu nehmen, ließen sie ihn alleine laufen. Er war nun auf der Suche nach dem richtigen Bus. Bei der schieren Anzahl der Busse ein schwieriges Unterfangen. Einmal war er sogar im richtigen Bus, aber Karin und Walter hatten ihn nicht festgehalten.

So kam es dann, dass alle Busse weg waren und er mutterseelenallein auf dem Parkplatz in einer ihn völlig fremden Umgebung stand. In seiner Verzweiflung setzte er sich mitten auf die Straße, mit einem Taschentuch winkend und rief lauthals „C-A-T-A-L-O-N-I-A!" Was ein Glück und Zufall, dass er den Hotelnamen noch wusste. Er konnte sich Namen grundsätzlich nicht gut merken.

Irgendwann kam zufälligerweise doch noch ein Taxi vorbei, das ihn wohlbehalten ins Hotel zurückbrachte.

Das nächste Problem folgte am Morgen auf dem Fuße: Wir hatten mörderischen Durst und gleichzeitig dämmerte es mir, einmal gehört zu haben, dass man in den Urlaubsländern auf keinen Fall Wasser aus den Leitungen trinken sollte. Da standen wir nun aber mehr als auf dem Schlauch! Ich konnte kaum noch Speichel schlucken, sofern überhaupt noch vorhanden, so trocken war mein Mund. Mein Kopf ähnelte einem Presslufthammer, ein Geräusch, das mir im Normalzustand dermaßen unsympathisch ist, dass ich schreien hätte können. Ich bedauerte stets solche Straßenbauarbeiter, die in der Gluthitze dieses hüpfende Ungetüm mit beiden Händen festhaltend den Asphalt malträtieren. Meinen Kopf konnte ich nicht einen Zentimeter anheben. Wir benötigten dringend Wasser, literweise Wasser, das wir nicht hatten. Dass man es kanisterweise kaufen musste und auch zum Zähneputzen benutzen sollte, wussten wir nicht.

Inzwischen wurde es draußen bereits hell, wir waren jedoch nicht in der Lage, aufzustehen. Irgendwo in meiner Handtasche fand ich noch ein paar Zitronenbonbons, mit denen wir uns über Wasser hielten.

8. Café „Haus Berlin"

Wenn wir nicht zu spät aufstehen und uns mit der Morgentoilette beeilen würden, konnten wir doch heute das von Karin empfohlene Café „Haus Berlin“ besuchen! Frühstück gab es bis 11:00 Uhr. Wasser konnten wir am Nachmittag kaufen. Gesagt, getan – wir verließen um 09:30 das Hotel.

Der Weg war etwas weiter als angekündigt, aber das störte uns im Moment nicht. Wir hatten nur noch Kaffee und Brötchen im Kopf. Die Beine trugen uns quasi von selbst.

Schon konnten wir die Anlage sehen. Beim Näherkommen sahen wir auch den am Haus angebrachten Schriftzug „Haus Berlin“ in blauen Metallbuchstaben. Den Schriftzug hatte man bestimmt vor langer Zeit angebracht. Einzelne Buchstaben hatten etwas Rost angesetzt. Nennen wir es liebevoll „Patina“. Wir standen vor einer sonnendurchfluteten, etwa 80 qm großen Terrasse, auf der hübsches Gestühl und Tische so angeordnet waren, dass man den Nachbarn nicht in die Kaffeetassen schauen konnte. Handbestickte, landestypische Deckchen auf den Tischen verliehen dem Gesamtbild Sorgfalt und Geschmack.

Wir waren offensichtlich die ersten Gäste. Während wir noch verträumt in die Sonne blinzelten, kam ein Herr auf uns zu. Er musste so um die Fünfzig sein und hatte leicht schütteres Haar. Er begrüßte uns sehr herzlich in unverkennbarem Berliner Dialekt. Es musste sich um den Cafébesitzer handeln.

Wir erzählten von der Empfehlung von Karin und Walter. Er kannte die Eltern von Karin.

Auf die Frage, in welchem Hotel wir wohnten, erzählten wir von unserem Pech. Ich hatte das Gefühl, dass er noch eine Spur freundlicher wurde. Er hatte wohl Mitleid mit uns.

Er wollte uns ganz schnell ein opulentes Frühstück bringen und wollte wissen, ob wir ein Ei wünschten.

Über die anschließende Frage „Wie hätten Sie es denn gerne, pflaumenweich?“ haben wir noch länger gelacht. Spätestens da wunderten wir uns auch nicht, als ein weiterer Herr mit weißer Schürze dazu kam und sagte, dass er jetzt mit der Torte beginnen wolle.

So erfuhren wir ganz nebenbei, dass die beiden Herren das Café gemeinsam führten und es täglich eine frische Torte sowie Obstkuchen gab. Na, wenn das keine gute Nachricht war! Da die beiden Herren aus Berlin waren, hatte man dem Café den Namen „Haus Berlin“ gegeben. „Casa Pedro“ wäre wohl fehl am Platz gewesen.

Das Café gab es schon etliche Jahre, wie wir im Laufe unseres Urlaubes erfuhren. Es war wirklich eine gute Adresse.

Als der Herr mit einem beladenen Tablett an unseren Tisch kam, hatte ich Pfützen im Mund. Wann hatte ich das letzte Mal solche goldbraunen Brötchen gesehen? Sie erinnerten mich an den karamellisierten Zucker einer Crème brûlée. Kaffeeduft erreichte meine Nase. Auf dem Teller aus Ton lagen Käse, gerollte Scheiben von gekochtem Schinken sowie 2 dicke Scheiben Butter. Die pflaumenweichen Eier hatten Häkelmützen in den Landesfarben Rot und Gelb. Alles sah total appetitlich aus. Ein Sonnenstrahl hatte sich den Weg durch eine Ritze des inzwischen aufgespannten Sonnenschirms gebahnt und traf punktgenau die in einem Glas gereichte Konfitüre, vermutlich Aprikose oder Mango. Durch die Spiegelung sah sie aus wie Gold. Der nette Herr wünschte uns einen guten Appetit und bat uns, ihn zu rufen, wenn wir noch einen Wunsch hätten.

Wir waren gerade wunschlos glücklich unter Spaniens Sonne und schenkten uns den duftenden Kaffee ein. Ja, das war ein Hochgenuss Einen Orangensaft hatte der Herr zur Begrüßung mitgebracht. Die Brötchen waren so knusprig, die hatten wohl erst vor kurzem den Backofen verlassen. Der gekochte Schinken war fein geräuchert, die Konfitüre köstlich und nicht zu süß. So müsste es jeden Tag sein. Ich dachte wieder an unsere knappe Urlaubskasse. Irgendwie mussten wir doch über die Runden kommen – oder? Unsere Bank war ziemlich human. Ich dachte, dass wir den Dispo noch einmal in Anspruch nehmen durften. Gerne tat ich es nicht, ich sehnte den Tag herbei, ab dem wir nicht mehr darauf angewiesen sein würden.

9. Wasserkauf

Der Wasserkauf am späten Nachmittag gestaltete sich als kleines Erlebnis. So ein Palaver kannte ich von zu Hause nicht. Ich empfand die Spanier als zu laut … Das ist wohl eine Frage ihres Temperaments.

In diesem Super-*mercado* herrschte reger Betrieb. Hauptsächlich Frauen mit Kleinkindern. In einer Ecke weinte ein Baby, am Regal mit den Keksen machte sich gerade ein Junge, ich schätzte ihn auf ca. 4 oder 5 Jahren, zu schaffen. Das wird extra so eingeordnet, dass die Kinder es erreichen können. Am Obstregal überlegte eine sehr betagte Señora, ob sie Bananen oder Kiwis nehmen sollte. Ihren Händen konnte man es ansehen, dass sie es im Leben bestimmt nicht leicht gehabt hatte, sie waren voller Falten. Sie schien alleine zu sein. Einen Gehstock hatte sie dabei. Sie entschied sich für 2 Kiwis und 3 Bananen. Als sie die Kiwis eintüten wollte, fiel ihr eine zu Boden. Da ich in unmittelbarer Nähe stand, hob ich die Kiwi auf. Sie schenkte mir ein dankbares Lächeln und hauchte ein leises „Muchas gracias!“. Ihre Stimme war brüchig.

Wir packten zwei 5-Liter-Kanister Wasser, zwei Päckchen Waffeln und ein paar Bananen in unseren Einkaufswagen, bezahlten und machten uns auf den Rückweg.

10. *Brand im Hotel*

Anfangs der zweiten Urlaubswoche bescherte uns der Wettergott zu 70% regnerisches Wetter. Das war auch der Grund, dass wir jeden Abend in der Bar auftauchten. Im Hotel wohnten zu der Zeit überwiegend englischsprechende Urlauber, die zwar keine Stimmung machten, jedoch trotzdem ordentlich laut waren. Zumindest aber verfolgten sie unsere Darbietungen mit Begeisterung. Einige hatten mitbekommen, dass wir gerne Spaß machten. Bei dem Wetter war das auch nötig! Mit der Selbstmotivation hatten wir bereits begonnen … Von wegen, die Sonne scheint bei Tag und in der Nach!. Es war traurig. Der erste richtige Urlaub, da ist jeder einzelne Regentropfen einer zu viel. War Petrus vielleicht verreist?

So kam es dann, dass wir jeden Abend, egal wie spät es war, noch einen Absacker in der Bar einnahmen. Mein Mann hielt sich dabei weniger am Bartresen auf. Der war im Handumdrehen auf der Tanzfläche, wo er von ringsum sitzenden Engländern mit frenetischem Beifall begrüßt wurde. Die Musiker legten eins drauf – frei nach dem Motto "The Show must go on!" Ein gut gebügeltes Taschentuch, welches Günter stets bei sich trug, genügte für seine Darbietung.

Die *OLÉ*-Rufe durchdrangen die Nacht, es herrschte meistens Bombenstimmung. Einmal wurde ich gefragt, ob er am nächsten Tag wieder auftreten würde. Ich vermutete, dass die Leute nicht unbedingt wussten, dass wir auch „nur" Hotelgäste waren.

Heute war ein Tag, an dem es tagsüber sozusagen junge Katzen geregnet hatte und wir langweilten uns. Von Elan keine Spur.

So beschlossen wir, einmal früher zu Bett zugehen. Von Erholung konnte bis dato ohnehin keine Rede sein. Im Zimmer war es kühl, ungemütlich sowieso, nicht einmal eine Minibar war vorhanden. Eine dicke Decke erst recht nicht. Mein Günter hatte sich schon in seinen Bademantel gehüllt. Ja, einen Bademantel hatte ich auch eingepackt. Ich hatte doch keine Ahnung, was man für einen Urlaub unter Spaniens Sonne einpacken muss! So hatte ich also für ihn den dicken Frotteemantel, blau-rot gestreift, in den Koffer getan. Für mich ebenfalls, ohne Streifen.

Um 20:30 Uhr lagen wir im Bett. Mein Mann schlief schnell ein. Ich schaffte noch ein paar Seiten in meinen Taschenbuch „Körper – Geist – Seele", dann fielen mir die Augen zu. Als ich durch ein dumpfes Dröhnen wach wurde, stand der kleine Zeiger auf dem Reisewecker auf 02:00 Uhr.

Im Bett nebenan war alles ruhig. Ich ging leise auf den Balkon, der zur Straßenseite führte.

Im gleichen Moment ertönte eine Sirene. Es musste ein Feuer ausgebrochen sein, denn es näherten sich nacheinander drei Feuerwehrfahrzeuge. Eines davon war ein Leiterwagen.

Die Rauchentwicklung war gering. Soweit ich das aus meiner Höhe wahrnehmen konnte, versuchte die Feuerwehr mittels Rammbock ein Loch in die zum Gehsteig führende Trennmauer zu stemmen. Es konnte sich auch um eine Überschwemmung handeln.

Dieser Lärm hatte es geschafft, meinen Mann auf den Plan zu rufen. Jetzt fing es an zu regnen. Nicht unpraktisch bei Feuer! Günter erschien im gestreiften Bademantel, um den Kopf mit dem spärlichen Haarwuchs ein weißes Frotteehandtuch zum Turban gewickelt, in der rechten Hand einen geöffneten schwarzen Regenschirm. Mein Zwerchfell reagiert noch heute, wenn ich an diesen Anblick denke. Ich konnte nicht aufhören, zu lachen. Es war wie ein Gemälde von Spitzweg. Dann rief er noch: „Ruhe, I must sleeping!" Ja, die „Englisch für Fortgeschrittene"-Kurse der VHS gehörten eindeutig der Vergangenheit an.

Ich habe diese Nacht bis heute nicht vergessen.

Da mein Günter noch im Halbschlaf war und durch den Schirm ins Taumeln kommen konnte, bugsierte ich ihn schnellstens wieder ins sichere Bett. Wir waren schließlich im achten Stock!

Am nächsten Tag erfuhren wir, dass der durch das Löschwasser entstandene Schaden größer war als der Brandschaden. In der Küche war ein defektes Gerät durchgebrannt. Die Küche und ein Teil der Bar standen unter Wasser, daher auch das Loch in der Trennmauer.

Der Gesamtschaden hielt sich in Grenzen, die Bar musste für einige Tage geschlossen bleiben.

Unsere abendlichen Gänge auf der Promenade in Richtung Altstadt waren sehr abwechslungsreich. Die meisten Urlauber gingen, wie auch die Einheimischen, später schlafen.

In Hotelnähe gab es kaum Lokale und in der Altstadt war es ohnehin viel netter. Hier konnten wir praktisch jeden Abend ein anderes Lokal aufsuchen. Wir mussten uns jedoch ein bisschen nach unserer knappen Urlaubskasse richten. Wir hatten doch niemals damit gerechnet, dass wir außerhalb des Hotels essen werden müssten! „Was heißt mussten?", fragen Sie sich vielleicht. Zugegeben, viele der Hotelgäste waren mit dem angebotenen Essen zufrieden. Wir nicht! Wie sollte da ein Urlaubsfeeling entstehen? Das Zimmer war schon eine Zumutung! Im Nachhinein denke ich, dass wir es ganz gut geregelt haben. Wir aßen meisten Fisch, der war nicht so teuer.

Bei diesen abendlichen Unternehmungen hatten wir noch etwas zu erledigen. Wir mussten einen Schuhmacher finden, der meinen Schuh reparieren konnte. In meinem kleinen Taschenwörterbuch von Langenscheidt hatte ich gelesen, dass Schuhmacher *zapatero* hieß. Wir studierten Namens- und Reklameschilder, wurden jedoch nicht fündig. Dafür mussten wir einmal einen Tag opfern, wenn wir abends zum Essen aufbrachen, war es meistens schon dunkel. Eine Dämmerung, wie wir sie kennen, hatte ich hier vermisst. Der Wechsel von hell auf dunkel vollzieht sich in Spanien ziemlich schnell.

11. Steiniger Strand

Heute kämpfte die Sonne mit grauen Wolken, die irgendwie immer mehr wurden. Für ein Sonnenbad und zum Schwimmen war uns das nicht genug. „Wir könnten doch einen Strandspaziergang machen“, schlug ich vor.

Die Begeisterung meines Mannes hielt sich in Grenzen, das wäre auf Sylt nicht passiert …

Wir schlüpften also in unsere weißen Adidas-Schuhe, die waren am bequemsten. Ich packte ein Käppi in meinen Beutel. Meine dunkelblauen Shorts hatte ich behutsam ausgewählt, die waren etwas länger. Meine Knie waren sehr dick, deswegen hatte ich Komplexe. Günter hatte ich mühsam überreden können, ebenfalls kurze Hosen anzuziehen. Er mochte nur ungern in kurzen Hosen auf die Straße gehen. Das war hier doch egal, das kurze Stück vom Hotel bis zum Strand, außerdem kannte uns doch niemand! „Vergiss deine Mütze nicht!“, rief ich ins Zimmer. Hier war das unerlässlich. Es konnte gefährlich werden mit seinem breiten Scheitel. Das würde den UV-Strahlen gefallen. So ein Sonnenstich hätte gerade noch gefehlt!

Als wir das Hotel verließen, hatte die Bewölkung merklich zugenommen. Unsere Stimmung war gedrückt, aber wir wollten das Beste aus diesem Tag machen.

Wir überquerten die asphaltierte Hauptstraße, als sich ein Bus näherte. Der hatte auch schon bessere Tage gesehen! Im Vorbeifahren sah ich, dass die Lackierung stark beschädigt war und das alarmierende Geräusch des rechten Hinterrades gab mir zu denken. Hoffentlich hatte er seine Endstation bald erreicht. Ich glaube, so etwas wie den TÜV gibt es hier nicht. Die nehmen das nicht so genau. Das sollte man aber tun, wenn es um die Verkehrssicherheit geht. Wir ließen noch ein paar Pkws vorbeifahren, überquerten die Strandstraße und dann waren wir am Strand von Benidorm.

War sich uns bot, verschlug mit augenblicklich den Atem. Ich hatte Stillstand in der Pupille. Wenn das ein Strand war, dann war ich Jennifer Lopez. Ich sah nur Steine, Steine und nochmals Steine. Die Krönung war, als ich einige Hunde mit Herrchen im Schlepptau erblickte. Einer der Hunde war gerade in dieser gekrümmten Haltung, wenn Sie wissen, was ich meine. Das durfte doch alles nicht wahr sein! Hunde am Strand, na gut, gibt es auf Sylt auch. Dort ist das aber ein extra ausgewiesener Hundestrand. Ob die hier davon schon mal gehört hatten? Kaum anzunehmen. Wir waren nur noch sprachlos.

Hier konnte man kaum ans Wasser kommen, ohne sich die Füße zu verletzen. Ein Glück, dass wir feste Schuhe trugen! Wir wollten jedoch mit den Füssen ins Wasser. Bei meinem Günter war von guter Laune längst keine Rede mehr, er brummelte irgendetwas vor sich hin und war am Schimpfen. Nun gut, den Ort Benidorm hatte mehr oder weniger ich ausgesucht. Konnte ich doch nicht wissen, dass uns so eine Pleite erwartete! Es war einer der Momente, wo ich lieber im Regen gelaufen wäre, als mit nur einem Sonnenstrahl hier in Benidorm. Ich schlug vor, noch ein Stückchen auf der Promenade zu laufen, womit ich mir einen schrägen Blick einhandelte. Mit der Aussicht auf ein Bierchen fand mein Vorschlag Zustimmung.

Ab und zu blickte ich nach links auf den Strand und stellte fest, dass auch hier Steine lagen, aber wesentlich weniger. Später erfuhr ich per Zufall, dass es hier doch einen Hundestrand gab. War das, was wir gesehen hatten, etwa der Hundestrand? Dann mussten wir zum Meer ein ganzes Stück weiter laufen, wenn wir dort baden wollten. Gut, der Hotelpool stand auch zur Verfügung, jedoch war das nicht Sinn der Sache, wenn man einen Badeurlaub gebucht hatte. Ein weiterer Minuspunkt!

Langsam hatten wir die Altstadt erreicht. Hier gab es viel Neues zu entdecken. Ist doch wesentlich interessanter, als sich zwischen den Hotelburgen aufzuhalten. Hier pulsierte das Leben. Überall vor den kleinen Geschäften, sofern es der Gehsteig erlaubte, standen Körbe mit schönen Dingen. Da war man ständig der Versuchung ausgesetzt, etwas zu kaufen. Bei mir jedenfalls ist das so … Manche Andenken waren wirklich hübsch, dennoch war auch Kitsch dabei. Man sollte schon überlegen, bevor man zuschlägt, finde ich. Einige Dinge waren allerdings so kitschig, dass sie schon wieder schön waren. So ein Teil steht bei uns zu Hause im Badezimmer. Ich muss jedes Mal lachen, wenn ich es anschaue, weil damit die lustigen Erinnerungen hochkommen. Mein letzter Schlafbesuch hat sich ebenfalls köstlich amüsiert. Ich möchte das Teil hier nicht näher beschreiben, es ist aus Plastik und nicht jugendfrei.

Meine Gedanken waren gerade bei meiner Schwiegermutter, die sehr viel Wert darauf gelegt hatte, dass wir etwas mitbrachten. Es musste nicht teuer sein, nur dass wir daran gedacht hatten, das war ihr wichtig. Dann war sie zufrieden. Bisher hatten wir es nie vergessen und konnten stets damit punkten. Und mein Schwiegervater freute sich mit uns. Ich war sowie so seine Lieblingsschwiegertochter, mal so ganz nebenbei erwähnt. Er konnte das nicht so zeigen. War schon in Ordnung, der alte Herr! Konnte wunderbar kochen und handwerklich war er stets ein Ass. Aber ich komme vom Thema ab. Bin doch gerade in Benidorm!

Soeben lief mir ein kleines Mädchen vor die Füße, es mag drei Jahre alt gewesen sein. Gott, war es süß! Das rosa Kleidchen war an den Puffärmeln und am Saum mit Spitze besetzt. Der kleine Kragen ebenfalls, doppelreihig. Sie trug Lackschuhe mit weißen Söckchen. Ihre blonden Locken waren mittels einer rosa Schleife zu einem kleinen Pferdeschwanz gebunden. Ich blieb stehen, es schaute mich mit seinen großen Kulleraugen erstaunt an. Kein Wunder bei meiner Höhe von 1,80 Meter! Es war überhaupt nicht scheu. Ihre Mama, die daneben stand, schenkte mir ein freundliches Lächeln. Das ist immer so, wenn die Kinder einen bewundern Mit Händen und Füßen redend kriegte ich ihren Namen heraus. Sie hieß Rosita. Über Rositas Kleidchen baumelte ein Goldkettchen mit ihrem Sternzeichen. Auf der Rückseite war der Name eingraviert. Es war unter dem Sternzeichen Aquarius, also Wassermann, geboren. Ein Wassermann wie ich! Deshalb war sie auch nicht scheu. Bei näherem Hinsehen entdeckte ich in ihren Ohren kleine Ohrringe in Herzform. Die waren bestimmt von der Patentante. Jetzt schaute sie meinen Günter an, mit leicht gerunzelter Stirn. Ich glaubte, ich wusste auch warum. Er hatte kurz seine Mütze abgenommen und nun blickte sie auf seine Glatze. Das kannte sie natürlich nicht von ihrem Papa mit seinem kohlschwarzen Haar. Er war inzwischen dazugekommen. Sehr gut aussehend, jedoch von kleiner Statur. Wir gingen langsam weiter, Rosita hob ihre kleine Hand und winkte uns zu, wir winkten zurück. Ich hätte sie stehlen können, dieses bezaubernde Wesen. Bald würde sie ein Geschwisterchen bekommen, Mama war, schätzte ich, im fünften Monat.

12. *Kauf eines Schmuckstücks*

Beim Spazieren passierten wir soeben ein Juweliergeschäft. Logisch blieb ich stehen! Günter ging vorsichtshalber ein paar Schritte weiter, nichts Gutes ahnend. Ich suchte noch einen Anhänger für mein goldenes Bettelarmband. Es sollte mir zur Angewohnheit werden, aus jedem Urlaub einen möglichst für das Land typischen mitzubringen. Im Schaufenster erblickte ich gerade etwas Tolles, nämlich einen Fächer. Und nicht nur, dass es typischer nicht ging, schien er noch dazu beweglich zu sein. Schon stand ich auf der Fußmatte, da kam Günter zurück. Er schaute mich fragend an. Im Geschäft begrüßte uns eine sehr junge Señorita und fragte in gebrochenem, aber gut verständlichem Deutsch nach unseren Wünschen. Ich erklärte es ihr, worauf sie das kleine Teil aus dem Schaufenster holte. Ja, man konnte den Fächer fächern … Er war dünn, aber entzückend. Der Stempel zeigte die Zahl 585, also 14 Karat Gold. Besonders beeindruckte mich, dass jedes einzelne Fächerblatt einen Buchstaben trug, was zusammen Benidorm ergab. Ich war ganz aus dem Häuschen! Während ich ihn mir genauer anschaute, holte die Señorita ein weiteres Stück, das stabiler wirkte und dessen Kanten leicht abgerundet waren. Gefiel mir auf Anhieb besser. Besser war auch der Preis. Den Preisunterschied wusste ich nicht mehr, es war auf jeden Fall soviel, dass mir die Entscheidung für die preiswertere Ausführung abgenommen wurde. Mit einem „Muchas gracias“ verabschiedeten wir uns. Wir wollten in den nächsten Tagen wiederkommen. Ob sie uns das geglaubt hat, möchte ich bezweifeln. Drei Tage später verkaufte sie uns den Anhänger. Ich freute mich sehr und Günter war überhaupt nicht böse. Er war von Natur aus großzügig, er hatte nur an unsere knappe Urlaubskasse gedacht. Nach diesem Urlaub musste sowieso das meiste unter „Unvorhergesehenes“ verbucht werden.

13. Suche nach einem Schuhmacher

Allmählich wurde es Zeit, dass ich mich um meinen kaputten Schuh kümmerte. Wir beschlossen, den abendlichen Gang in ein Speiselokal etwas früher als gewöhnlich anzutreten, um uns nach einem *zapatero* umzusehen.

Wir hatten uns für eines der Lokale am Ende der Promenade, gegen Anfang der Altstadt hin, entschieden.

Auf dem ausgehängten Schild war unter anderem von Dorade zu lesen, einem hier gängigernFisch und gegrillt besonders lecker. Darauf hatten wir Appetit.

Im Außenbereich standen sechs Tische mit Stühlen und drei große Sonnenschirmen. Da es noch ziemlich warm war, beschlossen wir, lieber im Lokal Platz zu nehmen. Die alten Steinmauern spendeten bestimmt reichlich Kühle.

Wir betraten das Lokal. Wahrlich, hier war es angenehm kühl. An einem Tisch saß ein junges Pärchen. Die Einrichtung war dunkel gehalten, auf den Stühlen lagen bunte Sitzkissen, auf den Tischen sinnigerweise aus demselben Stoff runde Decken. Auf jedem Tisch ein Behältnis mit Essig und Öl sowie Salz- und Pfefferstreuer. Ab und zu waren in den weißen Steinwänden Nischen, in denen Kerzen oder frische Blumen standen.

Wir warteten ein Moment, bis ein junger Mann zu uns kam, ich vermute aus der Küche. Es roch schon ganz angenehm. Es war der Kellner, ca. 25 Jahre alt, braungebrannt und muskulös. Mein freundliches „Buenos tardes“, das sagt man in Spanien nach 12:00 Uhr bis zum Abend, wurde ebenso freundlich erwidert. Er führte uns an einen Tisch in einer Nische, das gefiel uns, hier waren wir richtig. Nachdem er unsere Getränkewünsche entgegengenommen hatte, verschwand er hinter dem Tresen, der sich in unmittelbare Nähe der Tür befand. Er zapfte ein *cerveza* für meinen Günter und ließ für meinen Campari Soda Eiswürfel ins Glas gleiten. Als er uns die Getränke brachte, bestellten wir den Fisch mit Salzkartoffeln. Dazu gehörte ein Salat.

Das Essen kam relativ schnell. Dem Salat, bestehend aus Tomaten, Gurken, roter Paprika, Mais sowie ein wenig Rucola, hatte man eine süß-saure Vinaigrette gegönnt, die köstlich schmeckte. Die braunen Streifen vom Grill ließen den Fisch appetitlich aussehen. Zum Essen hatte ich mir einen trockenen, spanischen Weißwein bestellt. An den Namen kann ich mich nicht mehr erinnern. Erinnern kann ich jedoch, dass er ein feines Bouquet hatte und ich mir noch einen bestellte. Günter blieb bei Bier. Gerne wären wir noch geblieben, doch wir wollten ja noch den *zapatero* suchen.

Wir bezahlten und gingen weiter Richtung Altstadt, vorbei an windschiefen Häusern, von der salzigen Luft gezeichnet. Hier und da waren die Dachziegel lose oder fehlten ganz. Die Holzfensterläden, die hier im Süden zur Aussperrung der Mittagshitze dringend erforderlich sind, hatten oft wohl längere Zeit keine Farbe mehr gesehen. Da fehlte sicher das nötige Kleingeld für einen frischen Anstrich. Dazwischen standen wiederum sehr gepflegte neue Bauten.

Wir kamen an einem Lebensmittelladen vorbei Die Tür war geöffnet und wir konnten hineinsehen. An der Kasse saß eine ältere Señora. Sie machte einen müden Eindruck. Wir wunderten uns, dass so spät noch geöffnet war, aber das ist so in den südlichen Ländern. Dafür ist am Mittag Siesta. Auf einer Straßenseite standen ein paar Neubauten. Die alten Gebäude waren Opfer der Abrissbirne geworden. Vor manchen Häusern stand eine Bank, auf der die älteren Leute abends saßen, um dem bunten Treiben auf den Straßen etwas näher zu sein. Auf einer Bank in einer Nebenstraße saß ein Paar und hielt Händchen. Es hatte die

85 mit Sicherheit überschritten. Der Anblick hat mich sehr berührt. Die beiden wollten wir bezüglich Schuhmacher fragen.

Günter hatte in der einen Hand den Schuh, in der anderen den Absatz, damit man das Problem erkannte. Wie sollten wir uns sonst verständigen – so ganz ohne Sprachkenntnisse? Sie schüttelten beide den Kopf, zeigten jedoch in eine bestimmte Richtung, in die wir laufen sollten. Das Paar schien zu wissen, wo der Schuhmacher wohnt. Wir bedankten uns auf Spanisch und gingen voller Hoffnung weiter.

Nach 10 Minuten hatten wir endlich Glück. Es war ein sehr kleines Häuschen. Die weinroten Dachziegel hätten erneuert werden müssen und die vormals weißen Mauern konnten neue Farbe vertragen. Dafür fehlten bestimmt die Mittel … Die schief in den Scharnieren hängende braune Holztür war ganz geöffnet. Wir sahen einen kleinen Vorraum, von welchem zur rechten Seite so eine Art Kammer abging. An einer Wand war ein Regal angebracht, auf dem einige Damen- und Herrenschuhe standen. Auf einem 3-beinigen Hocker saß in gekrümmter Haltung ein betagter Herr und versuchte einen Schuh zu kleben. Er hatte uns noch nicht bemerkt.

Wir traten näher, so dass er uns sehen konnte und hoffentlich erkannte, was unser Anliegen war. Er schaute zu uns hoch und lächelte uns an, als er unser Problem überrissen hatte. Er musste einmal ein sehr hübscher Mann gewesen sein. Die Fältchen in den Augenwinkeln und zwischen den Augenbrauen waren bestimmt Lachfältchen. Er hatte dunkelbraune Augen, wie sollte es auch anders sein. Er nickte, blätterte die Seiten auf seinem Abreißkalender um und zeigte uns ein Datum, wann wir den Schuh wieder abholen könnten. In dem Moment zuckte ich zusammen. Irgendwo musste ein Topf auf den arg mitgenommenen Fliesenfußboden gefallen sein. Geradeaus war die Küche. Sie hatte keine Tür.

Ich bin in der Regel nicht sehr neugierig, hatte mich aber schon über die vielen Fliegen gewundert. In dem kleinen Flur hing von der Decke so eine Art Wachspapier in Lockenform. Hatte man früher auch bei uns. Wenn die Fliegen drankommen, bleiben sie kleben. Je mehr daran hängen, desto unappetitlicher sieht es aus. Das Band war schwarz, so viele Fliegen klebten daran. Ich konnte mir das nicht erklären und ging in Richtung Küche, wo die Señora mit Kochen beschäftigt war. Sie bemerkte mich aber nicht, was mir ganz recht war. Und da hatte ich auch die Erklärung für die vielen Fliegen, gegenüber der Küche war die Toilette, ebenfalls ohne Tür!!

Und dann beschweren wir uns, wenn mal die Wasserspülung nicht richtig funktioniert!

Das nächste Highlight im Hotel bahnte sich an. An der Rezeption lag ein Stapel Reklame mit der Ankündigung der Fahrt zu einer Hazienda mit landestypischem Essen plus Getränken. Es war Mitte der zweiten Urlaubswoche und wir waren vom Regen ziemlich genervt. Da kam so eine Abwechslung gerade richtig! Meine Gedanken kreisten in dem Moment um die erste Ausfahrt und deren Folgen. Sollten wir uns zu dieser Fahrt wirklich anmelden? Wider Erwarten war mein Günter Feuer und Flamme. Walter nahm uns die Entscheidung ab. Er kam gerade um die Ecke. Karin und er hatten sich bereits angemeldet. „Kommt doch mit, wir setzen uns wieder an einen Tisch, wird bestimmt lustig!“, sagte Walter. Ich war noch skeptisch, ließ mich jedoch von den beiden Männern überreden. Zumindest hatte ich reparierte Schuhe. Das blaue Kleid würde ich durch ein buntes aus Synthetik ersetzen. Das konnte schnell mal gewaschen werden, allerdings erst zu Hause. Für eine Kurzwäsche im Urlaub war das Teil zu groß, wogegen ich meinen BH gerne einmal kurz durchs Wasser zog. „Rei in der Tube“ – kennen Sie das noch? Es war ein grundsätzlicher Begleiter in meinem Kulturbeutel.

Ich weiß heute noch nach 48 Jahren, welches Kleid ich an diesem Abend trug.

14. *Ein Nachmittag am Pool*

Der Himmel war bewölkt, wie stets die letzten Tage. Es wird behauptet, dass die UV-Strahlen, ich glaube „UVA", trotzdem durchkommen. Daran dachte ich gerade. So entschlossen wir uns, den Nachmittag am Pool zu verbringen, allerdings nicht in Badebekleidung. Ich hatte keine Lust, mich von Kopf bis Fuß einzucremen. So konnten uns die Strahlen zumindest unserem Antlitz zu mehr Bräune verhelfen. Im Büro wurde die Erholung nämlich nach Bräunungsgrad gemessen und nicht nach tatsächlicher Erholung.

Wir nahmen an einem der freien Tische in Poolnähe Platz. Viel war nicht los, einer der drei Kellner kam an unseren Tisch. Ich kannte ihn noch nicht. Wir waren hier auch alles andere als Stammgäste.

Mir fiel sofort die passable Größe auf, weil die Spanier allgemein nicht unbedingt sehr groß sind. Sein dunkelbraunes Haar war kurz geschnitten. Er wirkte dadurch irgendwie brav. Meine Schwäche für Augen ergaben sich aus dem Ergebnis graubraun. Er grinste mich an und blendend weiße Zähne kamen zum Vorschein. Meinem Mann schenkte er weitaus weniger Beachtung. Er sprach nur Spanisch, weshalb er uns die Getränkekarte hinlegte und aufschlug. So konnten wir zeigen, welches Getränk wir gerne nehmen würden. Mein Günter wählte, wie so oft, ein Bier und ich einen Wodka Lemon. Es war eigentlich recht angenehm, hier zu sitzen, nicht zu heiß, der Regen blieb an diesem Nachmittag aus.

Im Pool stritten sich ein paar Kinder um eine Luftmatratze, während deren Ball sein Ziel verfehlte und einen ebenfalls am Pool sitzenden älteren Herrn am Kopf traf. Er war wenig begeistert. Der Kellner eilte herbei, um ihn zu beruhigen. Gottseidank war nichts passiert, die Brille war noch heil.

Der Kellner brachte ihm einen Eisbeutel zur Kühlung.

Die Kinder sollten mit Rücksicht auf andere Gäste nicht im Pool spielen. Darum wurde auf einer Hinweistafel gebeten. Ist zwar richtig, dennoch kann ich die Kinder verstehen, die sich auch einmal austoben wollten. Man musste sich eben arrangieren.

Soeben kam ein anderer Kellner an unserem Tisch vorbei, auf seinem Tablett log offensichtlich ein Schinkentoast. Meine Magennerven bekamen Wind davon. Ich konnte nicht widerstehen. Als er auf seinem Rückweg wieder vorbeikam, bestellte ich mir diesen Toast und einen Café con Leche. Soviel hatte ich schon gelernt, um zu wissen, dass dies ein Kaffee mit Milch ist. Kaffee war gut um diese Zeit, denn wir hatten ja noch viele Stunden zu überbrücken. Als der Kellner mit Toast und Kaffee zurückkam, hatte mein Günter inzwischen überlegt, dass er doch auch eine Kleinigkeit essen wollte. Also bestellten wir noch einen Toast und ein Kännchen Tee, denn Kaffee konnte Günter mit seinem sensiblen Magen nicht gut vertragen. Den empfindlichen Magen hatte er von seinem Vater geerbt.

Nach 10 Minuten brachte der Kellner Toast und Tee. Inzwischen hatte es etwas aufgeklart, so dass wir länger blieben als ursprünglich geplant. Wir unterhielten uns über den bevorstehenden Abend und was uns wohl dieses Mal erwarten würde. Auf jeden Fall wollten wir mit unserem Freundchen Alkohol etwas sparsamer umgehen.

So gegen 16:00 Uhr waren wir wieder im Zimmer. Für ein Stündchen Relaxen reichte die Zeit allemal. Wir legten uns aufs Bett und schliefen ein. Als wir durch ein Geräusch wach wurden, war es bereits 18:30 Uhr. Nun mussten wir uns langsam für den Abend rüsten. Ich benötige reichlich Zeit, wenn ich etwas vor habe. Das muss alles in Ruhe erledigt werden. Lieber würde ich im Foyer auf die Busse warten. Hetzen musste ich in der Arbeit genug.

15. Fahrt zu einer Hazienda

Um halb sieben verließen wir unser Zimmer. Günter musste nochmal zurück, er hatte seine rote Strickjacke vergessen. Es war die Strickjacke für besondere Gelegenheiten, ein Weihnachtsgeschenk von mir. In den Abendstunden wurde es merklich kühler, da war eine Jacke angebracht. Meine Strickjacke hatte ich mir über die Schulter gelegt. Im Aufzug trafen wir Karin und Walter. Ich glaube, sie wohnten auf der vierten Etage zur anderen Seite, somit hatten sie Morgensonne. In unserem Zimmer schien sie erst am Abend.

Sie hatten sich richtig heraus geputzt für diesen Abend, für eine Hazienda meines Erachtens nach viel zu schick. Schon bekam ich Komplexe. Egal, für einen Garderobenwechsel war es jetzt zu spät. Wir gingen zur Rezeption und gaben unsere Zimmerschlüssel ab.

Als wir aus der Tür traten, fuhren die ersten Busse gerade auf den Parkplatz. Wir sahen auch einen Bus mit der Nummer 7. Da wollten wir einsteigen. Gesagt, getan! Es war derselbe Fahrer, der uns zur Flamenco-Show gefahren hatte. Er kannte uns nicht mehr. Wäre ja auch zu viel verlangt bei dieser Anzahl von Menschen.

Die vorderen Sitze waren schnell besetzt, wir mussten uns heute mit Reihe 6 begnügen. Wenn nicht zu viele Kurven zu fahren waren, würde das auch gutgehen.

Im Bus wurde sich angeregt unterhalten. Ein paar Leute waren bereits in Feierlaune. Vielleicht hatten sie tagsüber dem Alkohol mehr zugesprochen als sie vertragen konnten? Im Urlaub passiert so etwas schnell. Soeben stimmte ein Herr mit rauchiger Stimme das Lied „Heute hau'n wir auf die Pauke!" an. Er erhob sich von seinem Platz und tänzelte zwischen den Sitzreihen hin und her. Die meisten Fahrgäste nahmen das klaglos hin, nur zweiältere Herrschaften verwiesen den Sänger mit den Worten „er möge sich bitte wieder setzen" in seine Schranken, was von der Reiseleiterin mit höflichen aber bestimmten Worten bekräftigt wurde. Er nahm wieder Platz, sagte aber keinen Ton mehr. Wahrscheinlich was es ihm doch etwas peinlich.

Es ist immer schwierig, viele Leute unter einen Hut zu bringen. Ich halte es da mit Roberto Blanco: „Ein bisschen Spaß muss sein"! Menschen, die so trocken wie ein Zwieback sind, kann ich nicht leiden.

Als wir Benidorm mit seinen Hotelburgen verlassen hatten, wurde die Landschaft merklich karger.

Meistens waren die wenigen Häuser in einem Zustand, der auf Armut schließen ließ. Teilweise fehlte nicht nur ein Dachziegel, sondern es zeigte sich bereits ein Loch. Nur gut, dass es hier nicht so oft regnete. Vielleicht war das Loch von Innen notdürftig abgedichtet, was wir nicht sehen konnten. Auf dem Feld war ein altes Männchen mit der Kartoffelernte beschäftigt. Als er die Busse hörte, drehte er sich um und winkte. Wahrscheinlich kam hier sonst niemand vorbei und er freute sich schon auf nächste Woche, wenn die Hotelbusse wieder vorbeifuhren.

Einmal kamen wir durch ein kleines Dorf. Ruhig und verträumt lag es vor uns. Weit und breit war keine Menschenseele zu sehen. Urplötzlich, in dieser kümmerlichen Landschaft, tauchte vor uns ein schneeweißer Bungalow auf. Der stand mit Sicherheit noch nicht sehr lange. Einige Geräte standen auf der halbfertigen Terrasse, Werkzeuge lagen herum. Der runde Swimmingpool schien fertig zu sein und war bereit befüllt. Die letzten Sonnenstrahlen lieferten sich auf der Wasseroberfläche ein Stelldichein.

Wir könnten so einsam niemals wohnen und nahmen an, dass die Entscheidung für diese Einöde mit dem Grundstückspreis zu tun hatte. Wer konnte sich das in der Stadtnähe schon leisten? Für uns käme so etwas niemals in Frage. Dafür verzichteten wir gerne auf einen Bungalow.

Nach einer dreiviertel Stunde hatten wir unser Ziel erreicht. Der Bus bog links auf einen Parkplatz ab, wo bereits zwei Busse standen. Vor uns lag ein langer Flachbau aus Natursteinen.

In unserem Bus begann das übliche Gedränge. Jeder wollte zuerst aussteigen. Ich hasse das und lasse die Leute prinzipiell immer vor. Raus kommen wir am Ende alle. Beim Aussteigen war ich sehr vorsichtig, damit mir nicht wieder ein Malheur passierte. Vorsichtshalber hatte ich flache Schuhe gewählt.

Vor dem Eingang zum Lokal standen ein großer Tisch mit gefüllten Gläsern und eine sehr hübsche Señorita in der Landestracht. Sie überreichte jedem Gast einen Cocktail zur Begrüßung. Das Getränk war sehr erfrischend und schmeckte nach Mona und Limette. Rum war mit Sicherheit auch beteiligt.

Den Glasrand zierte je eine halbe Zitronen- und Orangenscheibe. Kleine Holzstäbchen mit der Landesflagge und Schleife steckten im Glas. Da hatte man sich wirklich Mühe gegeben! Im Lokal standen lange Tische, die reichlich beladen waren. Wir nahmen Platz auf ebenso langen Bänken.

Auf großen Steingutplatten lagen Tomaten, Gurken, rote und grüne Paprika sowie Peperoni. Drei verschiedene Saucen wurden dazu gereicht: eine helle Knoblauchsauce, eine rötliche, die süßsauer schmeckte sowie eine grüne, die ich nicht probiert habe. An einem riesigen Grill waren drei Männer damit beschäftigt, verschiedene Steaks und Hähnchenteile zu garen. Zwei Spanferkelspieße wurden von einem jungen Mann in regelmäßigem Abstand gedreht, damit eine gleichmäßige Bräunung erzielt wurde. Es roch sehr verführerisch. Zwei weitere

Männer kümmerten sich um die *Papas*, Kartoffeln mit Salzkruste, die mitsamt der Schale verzehrt werden.

Die Kellner, alle in Landestracht, liefen eifrig mit Rotwein gefüllten Krügen von Tisch zu Tisch. Der Wein hatte die richtige Temperatur und war sehr süffig. Damit musste man aufpassen bei der Wärme.

Auf einem Podium saß eine Fünfmannkapelle, die sich sich auf den Abend vorbereitete. Als Fleisch und Fisch serviert wurden, fingen die Musiker an zu spielen. Während des Essens noch *adagio*, im Laufe des Abends *forte*. Ein Spanier stand am Mikrophon und begleitete die Musik mit einer verhältnismäßig weichen Stimme. Am liebsten hätte ich jetzt anstatt zu essen getanzt. Das musste ich auf später verschieben.

Die Gäste waren in Hochstimmung, der Wein floss in Strömen in die durstigen Kehlen. Es wurde fleißig nachgeschenkt. Die Leute, die ihr Essen bereits beendet hatten, sangen lauthals mit.

Andere waren bereits auf der Tanzfläche.

Ich saß noch am Tisch und war mit einem Hühnerbein beschäftigt. Das Fleisch war zart wie Butter, die „Herren vom Grill“ hatten gute Arbeit geleistet. Ich aß noch eine Peperoni, worauf der nächste Schluck Wein folgte. Gottseidank war ebenfalls Wasser im Angebot. Lecker, so eine eingelegte Peperoni, aber „Hallo“, ganz schön scharf!“

Als alle Leute mit dem Essen fertig waren, wurden die Tische sehr flott von schmutzigem Geschirr befreit. Einige Gäste hatten reichlich Essensreste auf ihren Tellern zurückgelassen.

Ich finde das überhaupt nicht gut. Besser man nimmt sich weniger. So kommt es, wenn die Augen größer sind als der Hunger. In meiner Jungend hatte mein strenger Vater schon verkündet: „Nimm zuerst wenig, das sieht anständiger aus. Nachholen kannst du dann immer noch!“ Daran dachte ich gerade.

Es wurde viel getanzt, die Menschen waren sehr fröhlich, keiner fiel unangenehm auf – noch nicht!

Laut Programm sollte eine besondere Einlage kommen. Darauf waren wir alle mordsmäßig gespannt!

Die Kellner trugen jetzt andere Westen, die reichlich bestickt waren. Sah richtig toll aus. Was hielten sie in ihren Händen? Es waren Beutel aus hellbraunem Naturleder mit aufgedrucktem Stadtwappen, versehen mit einer verschließbaren Öffnung an einer roten Kordel. Die Beutel waren mit Wein gefüllt. Sie kamen von Tisch zu Tisch und forderten uns auf, unseren Mund zu öffnen. Sodann wurde uns der Wein quasi direkt aus dem Beutel in die Kehle geschüttet. Ein Rotweinfleck bahnte sich gleich den Weg auf mein Kleid und verschluckt hatte ich mich außerdem. Nach einem Glas Wasser hatte sich mein Husten endlich beruhigt. Nun bemerkte ich auch die Rotweinspritzer auf Günters weißem Hemd. Spritzer ist geschmeichelt, es waren richtige Tropfen. Ärgerlich, das Hemd hatte er erst einmal getragen! Rotwein ließ sich so schwer entfernen. Ja, ich weiß, „die Stelle gut anfeuchten und mit Salz einreiben". Ist alles schön und gut. Damit darf man aber nicht ein paar Stunden warten. Wer weiß, wann wir heute Nacht im Hotel ankommen würden. Dann hatte ich bestimmt keine Lust mehr auf große Wäsche. Und jetzt am Tisch konnte er schlecht mit nassem Hemd sitzen. Günter beruhigte mich: „Nun lass' dir nur nicht die Laune verderben". Leichter getan als gesagt! Grundsätzlich hasse ich Flecken und lose Knöpfe oder solche, die nur noch an 2 Fäden hängen.

Die Stimmung im Saal war am Kochen. Die Musiker strapazierten ihre Instrumente, die „Viva!"- und „Olé!"-Rufe nahmen kein Ende; und die Keller waren noch gar nicht durch mit ihrer Mission. Zwei oder drei Tische mussten quasi noch „abgefüllt" werden. Also, ich muss ehrlich sagen, wir haben schon oft gefeiert, aber die Stimmung hier im Saal war nicht zu toppen. Hoffentlich blieb es so und keiner fiel aus der Rolle. Leute, die sonst Bier tranken, konnten sich bei der Wirkung von

Wein leicht verschätzen. Zwischen 11 und 12,5 Umdrehungen hatte er sicherlich auch.

Bei meinem Günter machte sich leichte Unruhe breit. Oh je, da musste ich aufpassen, dass er mir nicht abhanden kam und plötzlich auf dem Podium bei den Musikern wieder auftauchte. Er hatte stets gute Laune und mochte gerne Menschen unterhalten. Er brachte das auch total nett und amüsant rüber. An ihm war wirklich ein Schauspieler verloren gegangen. Ich hatte mir sehnlichst gewünscht, dass er einmal zum richtigen Zeitpunkt am richtigen Ort gewesen wäre, wo er entdeckt worden wäre. Mein Wunsch hatte sich nie erfüllt.

Nur einmal war mit zwei bekannten Schauspielern, deren Namen ich verständlicherweise nicht nennen darf, anlässlich der „Goldenen Eins“ in Berlin auf der Bühne. Es ging um ein Dialektspiel, in dessen Verlauf ein vorher ausgeloster Ausdruck zu erraten war. Ihn hatte man für Hamburg und Plattdeutsch ausgewählt. Das ganze Spektakel dauerte kaum länger als 5 Minuten. Als mein Günter sozusagen „in eigener Regie“ gerade loslegen wollte, hatte die Technik erbarmungslos zugeschlagen und den Ton abgeschaltet.

Ich war damals ziemlich enttäuscht, hatte ich doch extra früher Feierabend gemacht, um rechtzeitig vor dem Fernseher zu sitzen. Anschließend hatte ich einen ordentlichen Blumenstrauß gekauft und ihn am Flughafen abgeholt. Er machte einen sehr glücklichen Eindruck. Die Bühne war nicht alles, er hatte die Garderobe und die Maske kennengelernt und da saßen gerade die Schauspieler, die praktisch jeder vom Fernsehen kennt. Wenn ich daran denke, was er da wohl von sich gegeben hat, fängt mein Zwerchfell noch heute an zu beben.

An die „Goldene Eins“ wird sich auch unter den Älteren kaum noch jemand erinnern können. Ich weiß nicht mehr, in welchem Jahr das stattfand und auch nicht mehr, welcher Sender das übertragen hatte.

Jetzt bin ich doch tatsächlich so ins Schwärmen gekommen und ganz vom Thema ab. Solche Ausflüge in die Vergangenheit häufen sich mit zunehmendem Alter.

Nun gut: zurück zum aktuellen Thema!

Gerade hatten wir ein Tänzchen aufs Parkett gelegt, als ich bemerkte, dass sich die Kellner erneut an den Tischen zu schaffen machten. Das war jetzt sicher der Schlussakkord! Richtig vermutet … Zum Abschied bekam jeder Gast noch einen Bananenlikör. Mir war so, als ob der Kellner einige Gläser zweimal füllte. War doch klar, die waren müde und wollten Schluss machen.

Schmeckte ganz gut, nur extrem süß. Als Urlaubssouvenir für meine Schwiegermutter untauglich. Ein Spitzen- oder Häkeldeckchen kam besser an.

Nun war Aufbruchsstimmung angesagt. Man hatte das Gefühl, als ob die meisten Gäste nun schnell zurück ins Hotel und ins Bett wollten. Die Uhr zeigte 00:30. Einige bemerkten erst, als sie an die frische Luft kamen, dass sie leicht beschwipst waren und gestützt werden mussten. Uns ging es ganz gut, zumindest ich hatte aufgepasst und meine Leber heute Abend nicht überstrapaziert.

Wir hatten Glück und saßen direkt hinter dem Busfahrer. Die Sitze gegenüber waren der Reiseleiterin vorbehalten. Der Fahrer hatte den Motor bereits angeworfen. Die Reiseleiterin, eine Dame aus Nordrhein-Westfalen mit diesem unverkennbaren „woll“ am Satzende, versuchte ihre Schäfchen zu zählen. Beim zweiten Mal hatte sie es geschafft und der Bus fuhr langsam vom Parkplatz. Er musste vorsichtig sein, weil noch Leute herumliefen und ihren Bus suchten. Die Fahrt verlief relativ ruhig, einige Gäste waren eingeschlafen, ein Herr schnarchte sogar.

Emilio, so hieß der Busfahrer, war übrigens ein sympathischer Mann. Schade, dass ich mich mit ihm nicht unterhalten konnte.

Nach seinem geschätzten Alter musste er wohl noch manche Tour übers Land absolvieren. Er fuhr sehr rücksichtsvoll. Kein einfacher Job, ich beneidete ihn nicht. Deshalb finde ich es so schäbig, wenn Leute am Zielort nach Möglichkeit den hinteren Ausgang nehmen, damit sie dem Fahrer kein Trinkgeld geben müssen. Das sind die Urlauber, die vorher die Klappe am weitesten aufgerissen haben. Geiz ist nicht geil! Solche Menschen fallen bei mir ganz schnell durch die Maschen.

Wie bei Tagesausflügen zu Hause hatte ich momentan das Gefühl, dass die Heimfahrt kürzer war als die Hinfahrt. Wenig später hielt der Bus, das Licht ging an und das nicht zu überhörende „Catalonia!" von Frau Damke – so hieß die Reiseleiterin – ertönte.

Wir legten ein ordentliches Trinkgeld in das auf dem Armaturenbrett stehende Körbchen, bedankten uns bei Emilio und Frau Damke und strebten dem Hotel zu. Der Nachtpförtner stand bereits am Eingang.

Der Aufzug, der uns in die achte Etage bringen sollte, musste auch in der vierten und sechsten Etage stoppen und ein paar Spätheimkehrer herauslassen. Als wir endlich auf unserem Zimmer waren, ließen wir den gelungenen Abend noch einmal Revue passieren und nahmen einen großen Schluck Wasser.

Als wir endlich die Füße unter die Bettdecke streckten, ging im Osten schon die Sonne auf.

Das zumindest erhofften wir uns für den nächsten, unseren allerletzten Urlaubstag. Bei dem Gedanken an den bevorstehenden Herbst und Winter machte sich trotzt der Pannen in diesem Urlaub etwas Wehmut breit.

16. Bad im Meer am letzten Abend

Am Morgen des letzten Urlaubstages hatte ich mit extremer Unruhe zu kämpfen. Ich kannte das schon und versuchte, mir nichts anmerken zu lassen, was mir jedoch eher schlecht als recht gelang. Ich packe ungern Koffer, mache es dafür aber recht gut. Günter half mir mit den Schuhen. Na gut, bis zum Abend war noch Zeit …

Als wir vom Frühstück zurück kamen, hellte es etwas auf. Vereinzelte Sonnenstrahlen kämpften sich durch die Wolkendecke. Ich wollte wenigsten einmal im Atlantik baden und dazu hatte ich nur noch heute Gelegenheit. Ich zog mich um und packte weitere Badeutensilien ein. Der Blick meines Mannes sagte alles. Er fand diese Idee total bescheuert; jedoch wollte er mich nicht alleine an den Strand lassen.

Wir beschlossen, ein Stückchen die Promenade in Richtung Altstadt zu laufen, in der Hoffnung, dass keine Hunde am Strand waren. Steine lagen hier ebenfalls reichlich. Das musste ich in Kauf nehmen.

Da wir vorher noch ein Eis verzehrt hatten, war es inzwischen schon 16:00 Uhr. Die Sonne hatte sich noch nicht verkrochen, jedoch wehte ein kühles Lüftchen. Egal, ich wollte mein Vorhaben zur Umsetzung bringen. Vorsichtig bewegte ich mich in Richtung Wasser, immer die Steine im Blickfeld und hoffend, mich nicht an einem der spitzen Hindernisse zu verletzen. Günter wartete am Strand. Ich musste ziemlich weit ins Meer laufen, um eine entsprechende Wassertiefe zu erreichen. Das nahm entsprechende Zeit in Anspruch. Unterwasser konnte ich es aushalten, nur wenn ich hochkam, war mir kalt. Dafür sorgte der Wind. Ein Gefühl der Angst kroch in mir hoch. Am Strand waren kaum Leute, im Wasser auch keine Menschenseele. Günter winkte ständig und signalisierte mir, dass ich zurückkommen sollte. Ja, das war besser gesagt als getan! Ich wusste einfach nicht, wie ich die vielen Steine umgehen konnte. Meine Angst nahm zu, ich hatte nur noch Gänsehaut am ganzen Körper. Im Wasser lagen ebenfalls Steine, die mich behinderten. Die Logik sagte mir: „Du hast es ins Wasser geschafft, ergo kommst du auch wieder heraus!"

Es gelang mir, allerdings blutete mein rechter Fuß. Jetzt hatte ich zusätzlich darauf zu achten, dass kein Sand in die Wunde kam. Ich zitterte wie Espenlaub, als ich bei meinem Mann ankam. Ich hatte mindestens eine halbe Stunde frierend im Bikini im Wasser gestanden. Ich zog schnell ein T-Shirt und Shorts über, stützte mich bei Günter ab, während er meinen Fuß notdürftig reinigte und ein Söckchen überzog. Mir war nur noch kalt und ich hatte eine böse Vorahnung, weil ich mich leicht erkältete. Das war schon in jungen Jahren der Fall gewesen.

Im Zimmer angekommen, gönnte ich mir logischerweise sofort eine heiße Dusche und trockene Klamotten. Jetzt fehlte nur noch ein Heißgetränk, was bedeutete, wir mussten in die Bar. Die Koffer mussten warten. Das konnte ja heiter werden!

Was mir der Barkeeper gemixt hat, entzieht sich meiner Kenntnis. Es hatte die Farbe rot, war heiß, roch würzig und musste eine hochprozentige „Verdünnung" enthalten. Das Getränk war richtig lecker. Da man auf einem Fuß schwerlich stehen kann, bestellte ich mir noch einmal die gleiche Mischung. Danach verabschiedeten wir uns, wünschten dem Barkeeper alles Gute für die Zukunft … J wir wollten Hamburg in seinem Namen grüßen! Donald war bereits vor zwei Tagen nach Glasgow zurückgeflogen. Adressen hatten wir ausgetauscht.

17. *Ehefrau krank*

Als wir wieder auf dem Zimmer waren, begann ich umgehend mit dem Kofferpacken, obwohl ich nur noch schlafen wollte. Ich hatte einen so heißen Kopf, dass ich mich veranlasst sah, vorher erst das Fieberthermometer zu aktivieren, nur zur Sicherheit. Und wie ich vermutete, zeigte es 38,3 °C an. Dazu muss ich sagen, dass ich so gut wie nie Fieber habe und deshalb war das jetzt nicht so alarmierend. Das Fieber würde im Laufe des Abends weiter steigen und so kam es dann auch … Ich hatte einen Kopf wie eine Eckkneipe und nur noch Aspirin vorrätig, um Abhilfe zu schaffen.

Die Nacht war sehr unruhig, der Herr auf der linken Bettseite war am nächsten Morgen genauso malade wie ich. Es half alles nichts, wir mussten hoch. Heute war Abreisetag …

18. *Abreise*

Der Bus, der uns zum Flughafen brachte, schien erst wenige Kilometer auf dem Tacho zu haben. Wenigstens eine bequeme Abreise … An meinem desolaten Befinden änderte das allerdings nichts. Ich fühlte mich sehr elend. Ich konnte kaum aus den Augen schauen, die Nase lief unkontrolliert, mein Kopf dröhnte. Er fühlte sich an wie in Watte gepackt. Wenn jemand sprach, kam es bei mir wie durch einen Filter an. Günter litt mit mir. Ich war heilfroh, dass ich nicht alleine war. In diesem Zustand war jede Form von Anteilnahme ein Geschenk. Eine Arbeitskollegin hatte mir mal erzählt, dass man durch die Flughöhe bei der Landung quasi wie neu wäre. Das war mein Rettungsstrohhalm.

Draußen schien die Sonne. Na toll, eine Woche Regen und am Abreisetag „mucho sol"! Den Busfahrer veranlasste dies, die Klimaanlage hochzufahren. War ja okay, nur nicht für mich. Mir war einfach nur kalt. Der eingangs erwähnte Übergangsmantel lag im Gepäckfach über uns. Schemenhaft zog die Landschaft an mir vorüber, es interessierte mich jedoch nicht wirklich. Abgesehen von meinem Befinden hatten wir ohnehin nicht die Absicht, hier noch einmal einen Urlaub zu verbringen.

Die Fahrt kam mir unendlich lange vor. Fast an jeder Ampel hatten wir Rot. Ich nahm an, dass der Fahrer das eingeplant hatte. So war es letztendlich auch. Als wir Alicante und das Flughafengebäude erreichten, war noch reichlich Zeit, ein Getränk zu uns zu nehmen. Da fiel mir ein, wir wollten doch die Fotos ansehen! Das musste Günter erledigen. Er „parkte" mich in der Nähe der Getränkebar, reichte mir die gewünschte Coca-Cola und lief mit einer Dame, die auch nach Hamburg flog, in Richtung der ausgehängten Fotos. Sie wusste Bescheid. Als Günter mit zwei Fotos zurückkam, hatte ich die Coca-Cola ausgetrunken. Gerne hätte ich mir eine zweite gegönnt, nur mit Rücksicht auf das beklemmend enge WC im Flugzeug hatte ich diesen Gedanken verworfen. Ein Blick auf die Fotos zauberte ein Lächeln auf mein weißes Gesicht. Eine nette Erinnerung. Zu Hause würden sie wahrscheinlich auf Nimmerwiedersehen in einer Schublade verschwinden.

Wir hatten Glück, unsere Tickets verhießen einen Zweierplatz, da würde ich zumindest für niemand en aufstehen müssen. Vielleicht konnte ich sogar ein bisschen schlafen. Ferner konnte ich die Stewardess ja um ein Heißgetränk bitten.

Nachdem wir uns angeschnallt hatten, wurden wir sicherheitstechnisch aufgeklärt. Ich musste lachen, weil ich mich gerade erinnerte, dass mir beim Hinflug in der Fokker F28 die Schwimmweste auf den Boden gefallen war. Bei unserem ersten Flug wollte ich schon genau wissen, ob ich sie im Notfall schnell genug zu fassen bekam. Heute ging alles mehr oder weniger an mir vorüber. Ich war froh, als ich die Triebwerke hörte. Ein Höllenlärm, wir saßen praktisch daneben. Das Flugzeug, eine viermotorige Boeing 747 – auch Jumbo genannt – nahm Fahrt auf und schon waren wir über weißen Wolken mit absolutem Sonnenschein. Da fielen mir die Augen zu. Als das Abendessen kam, weckte mich mein Mann. Appetit hatte ich wenig, aber eine kleine warme Mahlzeit konnte nicht schaden. Zum Essen baten wir um einen Tee. Auf dem Getränkewagen mit den „inspirierenden“ Flüssigkeiten wartete ich sehnlichst.

Wir mussten noch ziemlich lange warten. Im vorderen Bereich wurde es plötzlich sehr unruhig. Zwei Herren und eine jüngere Frau erhoben sich von ihren Plätzen. Ich bekam noch mit, dass die Chefstewardess fragte, ob ein Arzt an Bord sei. Ein junger Mann, ein paar Reihen vor am Gang, stand auf und lief nach vorne. War bestimmt ein Assistenzarzt. Ich stellte ihn mir im weißen Kittel vor. Nicht schlecht, Herr Specht! Ihm konnte man gerne einen zweiten Blick gönnen.

Später erfuhren wir, dass bei einer älteren Dame der Verdacht auf Herzinfarkt bestand. Der Verdacht bestätigte sich glücklicherweise nicht.

Ich war erneut jenseits von Gut und Böse, als sich der Wagen mit Kaffee, Tee, diversen Säften und alkoholischen Getränken näherte. Günter nestelte an seiner Gesäßtasche herum, um seine Geldbörse zu ziehen. Ist etwas schwierig bei den engen Sitzen. Inzwischen erreichte meine Nase trotzt geschwollener Schleimhäute feine Düfte. Ja, die hatte der Wagen auch an Bord und außerdem Zigaretten. Klar, die meisten wussten das schon, wir nicht. Man konnte in D-Mark bezahlen.

Gerne hätte ich für meinen Schwiegervater ein Eau de Cologne gekauft, Gewonnen hatten 2 Stangen "Lord Extra". Hier waren die Ersparnisse größer. Für den Schwiegervater würde ich mir was anderes ausdenken. Wir mussten heute immerhin noch das Taxi bezahlen, das uns in Hamburg abholen würde.

Günter dachte an einen Scotch, ich ebenfalls. Ja, ich weiß, das ist unvernünftig, aber so ein paar Umdrehungen in Form von Alkohol ließen mich meinen lädierten Zustand leichter ertragen. Vorher hielt in meinem benebelten Gehirn die Vernunft Einzug und bat um zwei Tomatensäfte. So hatten wir Gratisvitamine. Ätzend, wenn man so knausern muss! Soviel kann ich verraten, das haben wir in nachfolgenden Urlaubsreisen besser regeln können.

Vermutlich hatten sich auch andere Fluggäste einen Drink gegönnt, woraufhin sie müde wurden. Manche hörten Musik, sie hatten Stöpsel im Ohr. Ich war kurz erwacht, als sich das Cockpit meldete. Der Flugkapitän gab den Wetterbericht durch und nochmals die Reiseflughöhe. Sie betrug 11.000 Meter. Donner und Blitz, seine erotische Stimme erreichte selbst mein Innenohr! Der Flug war angenehm, ich schwebte über den Wolken. Es war mittlerweile bereits dunkel. Einige Leselämpchen brannten. Der Herr in der Reihe vor uns raschelte über Gebühr mit der FAZ. Meine „Körper – Geist – Seele"-Lektüre hatte ich gar nicht ausgepackt.

Völlig unvorbereitet leuchteten die Anschnallzeichen auf. Was jetzt abging, waren Turbulenzen erster Güte. Damit hatte nach dem bisher ruhigen Flug höchstwahrscheinlich niemand mehr gerechnet. Ich entnahm dem grünen Netz an der Rückenlehne des Vordersitzes vorsichtshalber die weiße Tüte. Einige Gäste taten es mir nach. Jetzt waren die Damen mit dem pfiffig gebundenen Tüchlein um den Hals gefragt. Ich kann mir besseres vorstellen, als die vollen Tüten zu entsorgen.

Als wir nach etwa 10 Minuten die Turbulenzen überstanden hatten, meldete sich erneut die erotische Stimme aus dem Cockpit und verkündete, dass wir in etwa eineinhalb Stunden Hamburg erreichen würden. Außentemperatur: 18 °C! War das Wetter in Deutschland in den letzten 14 Tagen etwa besser als in Spanien?

19. Ankunft in Hamburg

Jetzt ging alles sehr schnell. Zum letzten Mal leuchteten die Anschnallzeichen auf. Der Tower hatte demnach die Landeerlaubnis erteilt. Kaum hatte die Boeing aufgesetzt, erhoben sich die ersten Passagiere, obwohl die Stewardess ausdrücklich darauf hingewiesen hatte, sitzenzubleiben, bis das Flugzeug seine Endposition erreicht hatte. Mich tangierte das nur peripher. „In der Ruhe liegt die Kraft", denke ich mir in solchen Situation immer. Schließlich würde die schon niemand vergessen!

Vor mir ertönte eine Stimme: „Nun passen Sie doch auf!" Der Kopf einer älteren Dame hatte die Gepäckablage begrüßt. Ja, man muss höllisch aufpassen beim Öffnen. Unsere bekannten „Staubmäntel" und zwei Handgepäckstücke wollten ebenfalls mit uns aussteigen. Ich holte nacheinander alle vier Teile aus dem Gepäckfach über uns.

Allmählich löste sich die Schlange vor uns auf und wir konnten uns in Richtung Ausgang bewegen, wo uns die uniformierten Damen einen guten Heimweg wünschten und mir eine gute Besserung. Wir bedankten uns für die gute Betreuung, und das war ehrlich gemeint!

Als wir am Kofferband ankamen, war es von Passagieren bereits umrundet. Ich blieb zurück, dafür war Günter zuständig. Durch die Scheibe konnte ich einen Herrn entdecken, der ein Schild mit unserem Namen in den Händen hielt. Unser Taxi war also pünktlich. Er musste lange auf uns warten, weil unsere Koffer ziemlich zum Schluss übers Band kamen. Mein Koffer hatte den Rückflug nicht ohne Schaden überlebt. Zwei unübersehbare Beulen und ein tiefer Kratzer sollten auch ihn an diesen Urlaub erinnern.

Die anschließende Zollkontrolle konnten wir problemlos passieren. Die zwei Stangen Zigaretten sowie zwei Flaschen spanischen Brandy hatten wir griffbereit im Handgepäck verstaut. Das schließt allerdings nicht aus, dass man trotzdem den Koffer öffnen muss, wenn der Zöllner einen Verdacht hegt. Ich glaube, da nützt auch ein Pokerface nichts. Die Zöllner kennen ihre Pappenheimer.

Wir begrüßten den Taxifahrer, den wir von Kurzfahrten im Ortsbereich kannten. Ein netter Kerl, stets zuvorkommend und hilfsbereit. Er wunderte sich, dass ich so erkältet war. Ich nickte nur verhalten. Mein Kopf war so heiß wie eine Herdplatte und trotzdem fröstelte ich. Während der Fahrt erfuhren wir, dass das Wetter in den letzten 14 Tagen nicht so launisch war wie in unserer zweiten Urlaubswoche. Die Fahrt verlief ruhig, um diese Zeit war auf den Straßen nicht mehr viel los.

Mittlerweile habe ich vergessen, wie spät es war, als wir endlich das heimische Sofa begrüßen durften. Ein Viertelstündchen zum Entspannen war mindestens angesagt. Es wurde in späteren Jahren zu einem festen Ritual. Ich öffnete die Kofferdeckel und löste die Gummibänder. Mache ich heute noch genauso. Eigentlich Quatsch, eine Falte mehr oder weniger spielt auch keine Rolle mehr. Das meiste muss sowieso gewaschen und gereinigt werden.

Inzwischen hatte Günter schon den spanischen Brandy geöffnet und zwei Gläser gefüllt. Er muss dabei an Donald und unser tägliches Treffen in der Hotelbar gedacht haben. Die Cognacschwenker waren voll bis zum Rand. Wir waren glücklich und prosteten uns zu.

In dieser Nacht konnten wir wunderbar schlafen.

„Oh, was war das denn?“ Mein rechtes Auge wurde feucht. Ich blinzelte in Richtung Digitalwecker – 07:50 Uhr. Jetzt merkte ich, dass ich in meinem eigenen Bett lag. Die nicht ordnungsgemäß verschlossene Wasserflasche auf dem Bettüberbau war umgekippt. Glück gehabt, sie war nicht mehr voll. Wenn ich nachts wach wurde, trank ich einen Schluck.

Heute musste Freitag sein, am Donnerstag waren wir zurückgeflogen. Ergo konnten wir ausschlafen. Von der linken Betthälfte vernahm ich deutliche Geräusche, was auf Tiefschlaf schließen lies. Ich stand auf, weil ich dringend Papiertaschentücher benötigte. Mein Mund war so trocken wie die Wüste Gobi. Dieser Schnupfen hatte mich voll im Griff. Schnupfen war schon immer die schlimmste Krankheit für mich. Von wegen, „dreimal schütteln und gut", nicht bei mir! Das dauerte Wochen.

20. *Betriebsfest*

Ich holte die Gardine zurück, die sich der Wind durch das Kippfenster geangelt hatte, dann ging ich in die Küche und schenkte mir ein großes Glas Apfelschorle ein. Die Nase lief unkontrolliert, ich musste ein paarmal niesen. In dem Moment dachte ich an das Betriebsfest, das morgen stattfinden würde. Es musste ein Wunder geschehen, sollte ich daran teilnehmen können. Nachdem ich Fieber gemessen hatte, glaubte ich nicht mehr daran. Es zeigte 38,7 °Celsius. Das bedeutete bei mir, dass es bis abends mindestens auf 39,5 °Celsius ansteigen würde.

Gerade wollte ich mich wieder hinlegen, da fiel mir die Post ein. Die Nachbarin hatte den Stapel auf den Wohnzimmertisch gelegt und nach ihrem Ermessen vorsortiert. Das fand ich sehr lobenswert. Die Reklame wurde auch jeden Tag mehr. Was sollten wir nur alles kaufen! Wo ich nun schon einmal dabei war, konnte ich die Post auch gleich lesen. Vorher öffnete ich noch die Balkontüre, um frische Luft ins Zimmer zu lassen. Just im gleichen Moment kam mein Mann aus dem gegenüberliegenden Schlafzimmer. Es entstand ein Durchzug, so dass sich die wohlgemeinte Vorsortierung der Post erledigt hatte. Munter flatterten die Papiere durch die Luft, um nach paar Umdrehungen im Sturzflug im ganzen Zimmer verstreut zu Boden zu gehen. Darauf hätte ich wirklich verzichten können, ich war doch schon genug gestraft! Ich ließ alles liegen und ging schnurstracks wieder in Bett.

Abends war meine Temperatur tatsächlich auf 39,5 °Celsius angestiegen – trotz Omas kalter Wadenwickel. Also nichts mit Vergnügen am nächsten Tag. Alles andere wäre unvernünftig gewesen. Es sollte einfach nicht sein.

Um es kurz zu machen; Die Busse, die am Sonnabend zum Betriebsfest fuhren, konnte ich rein zufällig vom Wohnzimmerfenster aus sehen. Mir blieb lediglich ein wehmütiger Blick. Die liebevollen Worte meines Mannes waren nur ein schwacher Trost.

Das war der „krönende" Abschluss dieser Urlaubsreise!

Schlusswort

Jahre später, wenn wir die Melodie „Die Sonne scheint bei Tag und Nacht“ irgendwo hörten, haben wir über diesen wenig erholsamen, aber erlebnisreichen Urlaub gesprochen und gelacht. Er war stets ein Gesprächsthema.

An etlichen Betriebsfesten konnte ich noch teilnehmen.

Von Donald habe ich nie wieder etwas gehört.

Beim Frühstücksei muss ich manchmal lächeln.

Das Armband mit dem Fächer besitze ich immer noch.

Günter hätte viel Freude an dieser Geschichte. Er kann sie leider nicht mehr lesen.

Buxtehude, 13. 8. 2020

Die Autorin

Caroline Huttel wurde 1942 im baden-württembergischen Gernsbach geboren. Da der Vater eine Anstellung als Kraftfahrzeugmeister fand, folgte die Umsiedelung der Familie nach Aschaffenburg. Die Lehre zur Großhandelskauffrau konnte sie erfolgreich zum Abschluss bringen, bevor nach der Heirat mit ihrem Günter die Übersiedelung des Paares nach Norddeutschland anstand. Bis zum Renteneintritt war Frau Huttel als Sekretärin tätig. Mittlerweile verwitwet, lebt die Autorin heute zurückgezogen in Buxtehude, wo sie sich dem Schreiben von Kurzgeschichten und Urlaubserinnerungen widmet. Die Freizeit vertreibt sich das kreative Organisationstalent zudem mit Fotografieren und Stricken, wenn sie nicht gerade ihr Schreibtalent auch bei Yelp-Bewertungen für den Großraum Hamburg unter Beweis stellt.